D1727873

F.U. Ricardo

Drei Welten – drei Leben!

F. U. Ricardo

Drei Welten – drei Leben!

Roman

Ricardo, F.U.
Drei Welten – drei Leben!
– 1. Aufl. – 2009
Herstellung und Verlag:
Books on Demand GmbH, Norderstedt (www.bod.de)
ISBN: 978-3-837-09983-6

Umschlagbilder:
Küste Galizien: Andreas Eberhardt@fotolia.com
Elbrus, Kaukasus: Sergiy Gruk@fotolia.com
Jet d'eau, Genf: Caleb Foster@fotolia.com

Einführung

Impressionen aus einer mittelalterlichen Stadt

Unglaublicher Gestank erfüllte die sonst schon stickige Luft, da die Leute Fäkalien und Abfälle aller Art auf die Strasse geworfen hatten. Darin suhlten sich Schweine und schnüffelten Hunde, darin tummelten sich ganze Heere von Ratten, die sich explosionsartig vermehrten. Fliegenschwärme tanzten wie alttestamentliche ägyptische Plagen in der flimmernden Hitze. Eigentlich störte dies niemanden mehr. Man kannte nichts anderes.

Und dann und vielleicht gerade darum wütete immer wieder die Pest und raffte die Leute dahin wie die Fliegen. Die Lebenserwartung, ohne die Kindersterblichkeit mitzurechnen, betrug vielleicht vierzig Jahre. Die hygienischen Verhältnisse waren eine einzige Katastrophe, die medizinische Versorgung gleich null.

Aber niemand störte auch dies sonderlich. Man kannte nichts anderes. Sich waschen? Womit und wozu? Wasser war rar und wurde zu Wichtigerem gebraucht. Man kleidete sich nahezu Tag und Nacht mit den gleichen Lumpen, in denen man ab und zu nach Flöhen und Wanzen jagen musste, ebenso wie in den verfilzten und vor Schmutz starrenden Haaren.

Am Abend und in der Nacht Licht? Ja, wie denn? Mit einer russenden Kerze? Zu teuer! Also ging man mit den Hühnern ins Bett und stand mit ihnen wieder auf, möglichst noch im gleichen Raum. Die Nacht brachte als einziges Vergnügen vielleicht mit sich, neue Kinder zu „bestellen", wenn man dazu nicht zu kaputt und zu krank war. Damit diese dann bald in der gleichen Armseligkeit weiter vegetieren mussten. Dies natürlich nur, wenn sie überhaupt lebend geboren wurden und nicht bei der Geburt oder kurz nachher, oft zusammen sogar mit der Mutter, elend starben.

Dabei waren es dann halt die Sünden der Sünder, die zu solchen Schicksalen führten. Das war wohl der Trost der Pfaffen. Denn die allgewaltige Kirche mit den allgegenwärtigen Drohungen von Fegefeuer und Hölle manipulierte die Leute. Es gab wenig oder keine schulische Bildung. Wozu denn auch? Es ist gut, das gemeine Volk dumm zu halten.

Geschweige denn, dass man wusste, was in der nächsten Stadt oder im nächsten Dorf vorging. Gibt es so etwas überhaupt? Ja, durch vorbeiziehende Händler hörte man vielleicht dies und das, wenn man gerade mal ein paar Batzen besass, um einen Fetzen Stoff zu erstehen oder sich gar den Luxus einer Kernseife zu erlauben, die aber eher die Haut aufriss als säuberte. Aber diese Krämer übertrieben doch bewusst, um ihre Ware besser verkaufen zu können!?

Zum Glück wussten die Städter nicht, dass es den armen Bauern auf dem Land doch noch ein Stückchen besser erging. Gewiss, auch diese mussten sich abrackern und sich fast zu Tode schuften, um ihren Herren zu dienen.

Aber ganz versteckt konnte man für sich schon mal eine halbfaule Möhre oder einen Krumen hartes Brot abzweigen. Oder eine missratene Kartoffel? Dies war noch nicht möglich, denn Kolumbus hatte Amerika noch nicht entdeckt! Auch Marco Polo brachte damals die Nudeln noch nicht aus China in unsere Gegend. Also ein ziemlich eintöniger Speisezettel damals! Die Leute assen vermutlich Hirse und nochmals Hirse.

Mit den damaligen groben Mühlsteinen war die Speise wohl auch oft vermischt mit kleinsten Steinchen und Sand. Darum zeigten sich bei späteren Skelettfunden oft die Zähne, wenn überhaupt noch vorhanden, in einem abgewetzten und bedenklichen Zustand. Aber das war wohl eines der kleineren Übel!

Wenn wieder mal Kriege angezettelt wurden, des Königs Häscher Soldaten brauchten und dazu die junge Burschen einfingen wie das Vieh, um ehrenvoll für das Vaterland getötet oder zum Krüppel gemacht zu werden, versuchten sich solche schon mal in einer Höhle oder in einem undurchdringlichen, verfilzten oder versumpften Wald zu verkriechen, bis die Treibjagd zu Ende war.

Und in einer heutigen Stadt?

Geschäftigkeit, Streben nach Erfolg, Missgunst, Liebe und Hass, Eifersucht, alles spielt Tag und sogar Nacht sein oft hässliches Spiel. Die Lebenserwartung ist bedeutend länger geworden; es gibt für die meisten ein soziales Netz. Man muss sich nicht kümmern, was man zu Essen hat, man wird sich eher fragen: Was sollen wir heute essen, was wir noch nicht kennen?

Gegen Schmerzen gibt es Pillen und Tabletten aller Art, für kleine und grosse Krankheiten kleine und grosse ärztliche Eingriffe und Therapien, für Freizeit gibt es hunderte von Angeboten. Die Leute sind frei im Denken und Handeln. Sie fühlen sich meist dabei so frei, dass sie nicht bemerken, manchmal doch gebunden zu sein.

Darüber hinaus lebt man in der Zeit der Globalisierung, der totalen Information und der wohl bald totalen Überwachung. Mit Google-Earth kann man nahezu jedes Haus und jeden Balkon ausmachen, jeden Quadratmeter ins Visier nehmen. Bewegungsmelder mit Licht- und Infrarotsensoren und manch anderes „Spielzeug" machen alles transparent.

Und im Internet und deren tausenden von Foren wird alles angegriffen, kritisiert, auseinandergenommen, zerpflückt; manch sensible Leute werden damit moralisch kaputt gemacht! Jede Kleinigkeit wird ins grelle Licht der Öffentlichkeit gezerrt. Ob wahr oder nicht wahr, das ist nicht so wichtig. Wichtig sind News, Enthüllungen und Action.

Zum Teil mag es sogar gut sein, wirkliche Missstände aufzudecken und zu korrigieren. Zum anderen ist es aber auch ein Stück Hölle von heute! Wer nicht selektiert, wird manipuliert und total überfahren. Alles wird abmontiert; es gibt eigentlich keine Autoritäten mehr, keinen Respekt. Jede Hemmschwelle verschwindet, auch die moralische! Moralvorstellungen von Gestern? Ab in die Mottenkiste!

Man zerfleischt sich nicht mehr überall nur mit Mord und Totschlag, man tötet die Empfindungen des Herzens und seelische Regungen mit Schlammschlachten. Dazu meint man lakonisch: Der Politstil und der Journalismus, die Freiheit des Individuums haben sich halt geändert und sind auf der Höhe der Zeit.

Man weiss alles! Alles? Oft das Wesentliche leider nicht! Man sieht viel, oft zuviel! Und doch gilt das Wort des französischen Schriftstellers Antoine de Saint-Exupery mehr denn je:

„Man sieht nur mit dem Herzen gut. Das Wesentliche ist für die Augen unsichtbar!"

Auch wenn mancher meint, nahezu alles zu wissen, so weiss er oft nicht um den kranken Nachbarn, um die psychischen Nöte eines Mitmenschen um die Ecke, ja, nicht einmal um die Probleme seiner pubertierenden Kinder oder die geheimen Wünsche und Sorgen des eigenen Lebenspartners. Man ist halt so gestresst!

George Orwell hatte mit seinem 1949 erstellten Roman „1984" nicht ganz recht. Seine damals als verrückt geltenden Phantasien werden heute dutzende Mal übertroffen!

Wohin führt bei einer weiteren Steigerung alles, wo jeder vermeint, alles besser zu wissen und seine Meinung zum Mass aller Dinge macht? Vermutlich zu Chaos und Anarchie!

Darum: Wer nicht ventiliert wird manipuliert!

Und wenn du, lieber Leser, auch mal angegriffen wirst, so hat der Autor dieser Zeilen kürzlich im Netz folgende tröstliche Zeilen gelesen (Verfasser leider unbekannt!):

Wenn du kritisiert wirst, dann musst du irgendetwas richtig machen.

Denn man greift nur den an, der den Ball hat!

Übrigens soll der Reformator Luther mal gesagt haben: „Der Mensch hat zwei Ohren, aber nur einen Mund. Er sollte also zweimal mehr zuhören können als reden!"

Ja, das ist schwierig, vor allem für solche, die so vielen so vieles zu sagen haben …

Noch einer soll zu Wort kommen, dem man nachsagt, einer der intelligentesten Menschen gewesen zu sein. Albert Einstein soll einmal sinngemäss gesagt haben:

„Zwei Dinge wachsen! Das Universum und die Dummheit der Menschen! Über das Erstere bin ich mir noch nicht ganz im Klaren. Über das Zweite hingegen absolut!"

Erstes Buch

1

Sie stritten heftig! Eigentlich streiten sie immer! Was jeweils Ursache und Grund ihrer Streiterei war, das wussten beide nach kurzer Zeit nicht mehr. Streit also um des Streitens Willen? Vielleicht schon!

Im Grunde genommen ging es ihnen recht gut, vielleicht sogar zu gut, gesundheitlich, gesellschaftlich, finanziell! Und so lebten sie aneinander vorbei! Seit Kurzem war Michael Gantner ohne Arbeit, denn auch einige Genfer Privatbanken spürten die Krise. Aber ein neuer Job würde bald gefunden sein, wenn immer man nur wollte.

Der Riesenapparat der UNO oder des Roten Kreuzes in Genf braucht stets neue Mitarbeiter. Der Gedanke aber, dort zu arbeiten, stank Michael gewaltig. So vertrödelte er die Zeit mit Herumsitzen. Mit ein Grund für häufigen Streit! Elena sorgte mit ihrem gut bezahlten Job bei der UNO im Moment allein für die Einkünfte, nebst der Arbeitslosenversicherung und natürlich einer beachtlichen Abfindungssumme für Michael.

Michael und Elena leben in der Rhonestadt Genf in einem gewiss nicht luxuriösen Appartement. Aber viele würden sich die Finger lecken für so eine Bleibe. Er stammte ursprünglich aus St. Gallen, und sie aus Barcelona.

Es war die grosse Liebe auf den ersten Blick, als sie sich auf der Rambla begegneten. *War?* Vermutlich!

In Genf spricht man offiziell Französisch, aber als UNO- und Völkerbundstadt sowie als Sitz des Internationalen Roten Kreuzes ebenso viel Englisch, in St. Gallen Deutsch, in Barcelona Spanisch. Beide beherrschten alle vier Sprachen. Das hatte den Vorteil, dass sie beim Streiten von einem Idiom ins andere wechseln konnten. So war der Wortschatz für das Fluchen und Schimpfen unermesslich.

„Merde, Shit oder Scheisse, wie du willst", brüllte Michael seine Helena an, „ich gehe dem Streit aus dem Weg und in die nächste Bar."

„Du hast das spanische Wort für diesen feudalen Ausdruck vergessen!" lästerte Elena zurück.
„Hau ab und geh dich besaufen. Eine faire Diskussion über unsere Probleme kannst du ja anscheinend nicht führen. Saufen ist für dich die einzige Alternative! Komm wenigstens so voll zurück, dass ich nachher endlich meine Ruhe habe!"

„Diskussion nennst du das? Das ist zum Lachen und zum Heulen! Schau in den Spiegel und keife mit dir selbst weiter!"

Mit diesen Worten schlug er laut die Tür hinter sich zu. Etwas zu laut, denn einer der Nachbarn unter ihnen rief aus seinem wohl auch unerschöpflichen Wortschatz:

„Silence, merde alors!"

Und der andere schimpfte aus der nächsten Wohnung heraus: „Porca miseria!"

Es fehlten nur noch spanische, englische, arabische und russische Kommentare ähnlicher Art. Wirklich, Genf ist eine internationale Stadt!

So laut schlug Michael die Tür doch nie hinter sich zu. Es war für Elena endgültig und eindeutig *zu laut!*

„Wo sind wir nur hingekommen? Wir haben uns doch so geliebt! Und wohin steuern wir?" fragte sie sich, nicht nur resigniert, sondern echt verzweifelt.

2

Elena traf sich kurz darauf mit verheultem Gesicht am grossen, aber heute für viele unbekannten Reformationsdenkmal der Calvin-Stadt Genf. Ihre Freundin Katherina wartete schon auf sie, während sie die grossen und meist finster wirkenden steinernen Gestalten betrachtete. Man feierte dieses Jahr den 500. Geburtstag Calvins. Der Wahlspruch für Genf, aber auch für seine Bewegung hiess:

Post tenebras lux – Nach der Dunkelheit Licht!

„Auch heute mehr denn je nötig!" meinte Katharine zu Elena.

„Bonjour Katherina, du weißt, dass ich als katholisch Erzogene wenig anfangen kann mit den Reformatoren. Ich muss wohl selbst Licht in das Dunkel bringen in meiner Beziehung zu Michael!"

„Wieder mal Ärger gehabt?"

„Und wie! Ich glaube es ist das Beste, wenn wir uns trennen! Darüber will ich mit dir reden. Komm, lass

uns von diesen ernsten Gestalten weg in ein gemüt-
liches Café wechseln. Ich weiss, ich mache auch
Fehler! Aber Michael, den ich so liebte, wird langsam ein unausstehlicher Blödian und ein Ekel!"

„Wie hat denn das alles begonnen? Ihr seid doch
damals von der Rambla in Barcelona Hals über Kopf
in die Ehe geschliddert!"

„Wie heisst ein altes Wort? Liebe macht blind!"

„War und ist es Liebe, oder einfach nur Leiden-
schaft?"

„Frag mich was Leichteres!"

„Weißt du was? Es geht euch beiden zu gut, und
Problemchen werden zu Problemen. Ihr torkelt beide
in der Langeweile herum!"

„Predigten brauche ich keine. Das Reformatoren-
denkmal genügt mir für heute! Die Zeit von Luther,
Calvin und wie sie alle hiessen, mit ihren grossartigen Reformen und zündenden Predigten, gewürzt
mit Pfeffer und Salz, sind leider vorbei!"

„Die Zeit der aufmerksamen Zuhörer in den Kirchen
aber auch!"

„Das haben sich die geistlichen Herren zum Teil selbst vermasselt! Die Sucht nach Ehre und Macht, das Mitmischen in der Politik ist nicht ihr Auftrag!"

„Und die totale Macht und Manipulation der Medien von heute ist nun Ersatzreligion?"

„Stopp, so kommen wir nicht weiter. Bitte zurück zu meinen Problemen", erwiderte Elena. Was soll ich tun?"

„Frag mich was Leichteres!"

„Diesen Satz höre ich nun innerhalb zehn Minuten das zweite Mal!"

„Ich kann ihn zum Schrotthaufen eures Ehelebens vermutlich noch ein dutzend Mal stellen!"

„Weißt du, man kann einen Menschen aus dem Urwald herausholen. Aber ein Stück Urwald bleibt doch in ihm!"

„Aber dein Mann kommt doch nicht aus einem Urwald!"

„Im übertragenen Sinn vielleicht schon ein wenig!"

„Wie das?"

„Oft Dämmerzustand, schwül und keine zwei Meter klare Sicht, sieht manchmal nur Ekliges und Giftiges und muss sich ab und zu sogar vor sich selbst fürchten!"

„Jetzt übertreibst du aber masslos!"

„Kaum!"

„Woher kommt denn so etwas?"

„Er spricht nie darüber und ist verschlossen wie eine Auster. Kindheitstrauma, falsche Erziehung, falsche Freunde, Drogen? Ich weiss es nicht! Er verlor seine gute Anstellung bei einer alten Genfer Privatbank, wurde aber sozial gut abgesichert. Finanziell geht es uns gut, denn ich habe ja meinen lukrativen Job als Übersetzerin. Aber seine Psyche scheint total kaputt!"

„Wäre ein Kind eine Lösung? Schon mal daran gedacht?"

„Jetzt? Um Himmels Willen nein!"

Für die beiden Freundinnen wäre der Ausblick auf den Lac Léman, auf die elegante Seepromenade und auf die schöne Kirche St. Pierre eigentlich wunderschön gewesen. Sie sassen in ihrem Bistro. Aber sie sahen nicht „Petit Paris", wie Genf oft auch liebevoll genannt wird, sondern grübelten nur über den unübersichtlichen Haufen an Problemen

3

Was macht ein Durchschnittsmann, wenn er fuchsteufelswild von zu Hause wegrennt? So viele Möglichkeiten gibt es gar nicht für jemand, der vor lauter Frust nicht sonderlich virtuos denken kann. Ein wie von seiner Frau empfohlenes Besäufnis mit oder bei einem Kollegen? „Liebe" kaufen? In einem Internet-Café versauern? Wütend und ziellos herumrasen? In eine Disco? Aber die hatten um diese Zeit noch nicht geöffnet, und man erntet dort in einem gewissen Alter doch nur ein erstauntes und mitleidiges Grinsen!

Oder sich im Extremfall sogar umbringen?

„Dazu ist es doch noch zu früh! Diesen Gefallen tue ich ihr nicht! Wenn schon, dann eher umgekehrt!" dachte sich Michael, auch nach dem dritten Schnaps immer noch wütend.

Obschon „seine" Bar einen wunderschönen Ausblick auf eines der Wahrzeichen der Stadt bot, nämlich den Jet d'eau, eine Wasserfontäne, die mit ungeheurer Geschwindigkeit 140 Meter hoch in die Luft schoss und je nach Wind und Wetter bei Tag und bei Nacht ein abwechslungsreiches Schauspiel bot, sah Michael durch dieses jetzt im Sonnenlicht glitzernde und funkelnde Spektakel hindurch in eine unbestimmte Ferne. Dabei wäre das ganze Panorama, das sich hier bot, wirklich grossartig.

„Soll ich die Konsequenzen ziehen und abhauen? War es damals auf der Rambla in Barcelona wirklich Liebe, oder war es einfach der Reiz des Südens und eine spanische weibliche Grandezza, die von Elena magisch ausging?

Erotik ist ein wichtiger Bestandteil der Liebe, aber wahrhaftig nicht der einzige! Haben wir uns inzwischen so aneinander abgewetzt, dass jeder den anderen umbringen könnte? – Halt, ich bin nicht in der Lage, solche Fragen jetzt schlüssig zu beantworten", dachte sich Michael.

„Signore: Noch einen Wodka auf Eis!", meinte er wehmütig lächelnd zum Barkeeper.

„Warum denn hier die Anrede Signore?" fragte ein Gast neben ihn am Tresen. „Hier heisst das doch Monsieur!"

„Weil der Herr hier Italiener ist, und weil Genf über 40 Prozent Ausländeranteil kennt, und zwar aus etwa 180 Nationalitäten!", antwortete Michael dem

Ekel nebenan mürrisch. Er wollte und brauchte jetzt kein Geplapper an der Bar.

Aber nicht nur der Jet d'eau schoss Wasser in die Höhe. Auch der Barbesucher neben Michael begann mit einem Wortstrahl seine halbe Lebensgeschichte zu erzählen. Böse Zungen behaupten ja, dass dies die Frauen gerne beim Friseur tun, und die Männer an der Bar oder gar bei den käuflichen Damen.

Michael interessierte das Geschwafel natürlich überhaupt nicht. Aber sein Gegenüber plapperte munter auf sein gefundenes Opfer drauflos. Um ihn zu stoppen, überrumpelte er den Schwätzer mit der Frage:

„Wie bringe ich mit einem perfekten Mord meine Frau um?" – und schalt sich in der gleichen Sekunde einen Esel.

„Man kann doch nicht mit jemandem darüber reden; sonst hat man gegebenenfalls schon Mitwisser und Erpresser am Hals! Ich glaube, ich bin bereits sehr beschwippst!"

„Gestatten, der Herr, mein Name ist Andreas Holzkofler, Journalist aus Wien. Ich recherchiere wieder mal im Fall Sissi, wissen's, unserer Kaiserin, die ja hier in Genf erschossen wurde! Wir Österreicher leben halt gerne immer noch in der K.u.K.-Zeit der glorreichen Donaumonarchie!

Die Leute sind scharf darauf, immer wieder neue Spekulationen zu verschlingen, auch wenn diese erstunken und erlogen sind. Um zu neuen Enthüllungen zu kommen, die vermutlich keine sind, muss ein Schreiberling natürlich vor Ort gewesen sein und ordentlich recherchiert haben, auch wenn er die meiste Zeit nur im Hotel herumhockt!"

„Ausgerechnet ein Sensationsjournalist, und zwar einer, der gewiss nichts Gescheites zu Tage bringt, wenn er auf so alte Kamellen angesetzt wird. Nichts wie weg hier!" schoss es Michael durch den Kopf.

„Den perfekten Mord also?", dehnte Holzkofler. Den gibt's nur durch Raffinesse und mit Intellekt sowie natürlich mit einem wasserdichten Alibi! Es ist schon noch ein Unterschied zwischen TV-Krimis, die den perfekten Mord ausschliessen. Denn nach dem Film wollen die Leute doch ruhig schlafen im Bewusstsein, dass die Gerechtigkeit gesiegt hat.

Aber wie und wann und wo durchführen? Fragen Sie mich etwas Leichteres!"

Diese Frage wurde also ungefähr zur gleichen Zeit in der Bar von Michael und im Bistro von Katherina und Elena gestellt. Und die beiden ungleichen Gesprächspaare hätten sich vermutlich nahezu sehen können. Die zwei „Trost spendenden Gaststätten" lagen vielleicht ganze dreihundert Meter auseinan-

der. Petit Paris ist halt nicht so gross wie das wirkliche Paris.

4

„Wirklich: Eine Versöhnungsreise nach dem eigentlichen und grossen Paris, das wäre doch eine Alternative. Und dort, in der Stadt der Verliebten, in einem Milieu mit besonderem ‚Flair', einen Mord zu verüben, wie dies vielleicht jeden zweiten Tag vorkommt und dadurch nur von örtlichen Polizeiorganen oberflächlich behandelt wird? Wäre dies ein Ausweg?"

„Es ist schon grauenhaft, wohin die Gedanken in kurzer Zeit führen können!", sinnierte Michael noch eine Zeitlang trübe vor sich hin.

Er „verabschiedete" sich eigentlich grusslos von seinem Wiener Journalisten. Niemand dachte an die inzwischen zu Hunderten und zu Tausenden installierten Überwachungskameras, die überall und jederzeit aus jedermann einen gläsernen Menschen machen können.

Nicht nur bei Botschaften, wichtigen Regierungsgebäuden, Banken und Juwelieren, Kaufhäusern, sondern neuerdings auch in Bars – und weiss der Teufel wo –sind diese Dinger in Aktion.

Aber werden die Aufnahmen auch ausgewertet? Vor allem, wenn nichts Wesentliches geschieht? Wer hätte dafür Zeit, Geld und das nötige Personal?

Auch etwa zur gleichen Zeit verabschiedete sich Elena von ihrer Freundin mit den Worten: „Giftmord ist ein typisches Klischee für Frauen, wenn diese ihren Ehemann oder deren Mätresse umbringen! Aber so weit gehe ich nicht. Ich werde die Scheidung einreichen und nachher möchte ich wenigstens einmal im Leben Paris sehen. Zwischen Genf und Barcelona werde ich immer hin und hergerissen sein, denn beide Städte haben ihren Reiz. Wobei natürlich Barcelona unerreicht ist!"

Als ihr am späteren Abend nach dem scheusslichen frühmorgendlichen Krach Michael den Vorschlag machte, zu zweit demnächst mal ein paar Tage nach Paris zu reisen, um mit sich ins Reine zu kommen, sagte Elena kein Wort. Ihr blieben aber Mund und Augen offen!

„Gedankenübertragung, Ränkespiel, Zufall?"

Sie hörte wieder ihre Freundin: „Frag mich was Leichteres!"

Interessant oder typisch war dabei nur, dass jeder der Partner sich nicht selbst hinterfragte, was für Fehler, Schwachstellen und Dummheiten ihm persönlich anhaften. Man sieht nur den anderen mit seinen Ecken und Kanten.

5

Das Drama geschah nicht in Paris, sondern schon bald darauf in Genf selbst. Ein ungeklärter Mord lag zur Aufklärung bei der Kriminalpolizei. Eine junge und bildhübsche Schweizerin spanischer Abstammung, deren Leiche doch tatsächlich in der Nähe des Jet d'eau gefunden wurde, lag zur Obduktion in der Gerichtsmedizin.

Elena wurde durch mehrere Messerstiche umgebracht. Vermutlich war der erste, sehr gezielte Stich in ihr Herz sofort tödlich. Ein erster Verdacht fiel natürlich auf ihren streitsüchtigen Ehemann, den man vor einem Verhör in eine Ausnüchterungszelle steckte. Sein Alkoholpegel lag wieder einmal bei gegen zwei Promille.

Dies sei in letzter Zeit ab und zu vorgekommen, meinten die schwatzhaften Hausnachbarn. „Die beiden stritten sich bald einmal täglich!" Wobei die Männer natürlich Partei für die schöne und exotische Elena ergriffen, und die Frauen eher meinten, dass der junge Mann mit seiner feurigen Spanierin schon eine Hypothek auf sich geladen hatte. Missmutig machten sich die ermittelnden Beamten ihre Notizen und ergriffen innerlich auch Partei für die arme Elena.

Zufälligerweise hörte der österreichische Journalist auch von diesem Mord und fragte bei besagter Bar doch tatsächlich nach, ob eventuell Videoaufnahmen von gestern existierten. Diese wurden ihm sogar für ein fürstliches Trinkgeld vom Portier für eine Stunde ausgeliehen.

Über Sissi gab es wirklich nichts Neues mehr herauszufinden. Holzkofler erwartete dies auch nicht im Ernst. Er brauchte diese alte Geschichte lediglich als Alibi und spielte seine Rolle mit mehr oder weniger grosser Begabung.

Diese uninteressierten Genfer und die noch blöderen Touristen fragten doch tatsächlich: „Wer ist Sissi?" Wie ungebildet die Leute heutzutage sind!

Aber vielleicht doch ein Mord in Genf? Nur, wen interessiert dies in Wien? „Alles eine Sache der Präsentation und Spekulation mit gelungenen Hintergrundereignissen", sinnierte Holzkofler. „Ich muss wieder mal eine Story schreiben, die sich gewaschen hat, sonst lebe ich von der Sozialfürsorge. Und das ist kein Leben, hahaha!"

Was eben niemand ahnen konnte: Holzkofler spielte recht gekonnt den etwas trotteligen Journalisten. Im Grunde der Dinge war er in ganz anderer Mission in Genf. Aber davon durfte niemand etwas erfahren, denn dies wäre absolut tödlich, auch für ihn selbst!

So meldete sich Holzkofler bei der Stadtpolizei Genf bei einem Beamten, der ganz passabel Deutsch sprach. Er meinte zum übermüdeten dortigen Mann:

„Das ist ja ähnlich wie beim Mord an Sissi!" und amüsierte sich zugleich über die Frage des Ermittlers:

„Pardon, Monsieur, wer ist Sissi? Kennen Sie ihre Anschrift?"

„Ja", meinte Holzkofler bissig: „Früher im Winter die Hofburg in Wien und im Sommer im Schloss Schönbrunn mit insgesamt gegen eintausend Räumen. Zwischendurch auch in Ungarn, auf der griechischen Insel Korfu und auf Madeira!"

„Wir meinen nicht die Adresse von früher; wie meinen, wo wohnt sie jetzt!"

„Jetzt? Ich hoffe doch sehr, dass sie jetzt im Himmel ist!"

Der Genfer Polizist erörterte hernach mit seinen Kollegen ernstlich, ob man diesen vermeintlichen Zeugen nicht besser unter psychiatrische Beobachtung stelle sollte, bis wohl einer, der die Sissi-Filme gesehen haben musste, meinte: „Du Idiot, Sissi war doch die Kaiserin von Österreich und wurde hier in Genf ermordet!"

„Ja, in welcher Zeit lebt denn dieser Holzkofler überhaupt?", fragte ein weiterer Beamter.

„In einer Zeit, in der immer mehr Leute sich wünschen, gelebt zu haben. Und in einer Zeit, die sich viele wieder herbeiwünschen. Nicht nur die Österreicher oder die Bayern mit ihrem Märchenkönig Ludwig. Sogar der derzeitige französische Präsident gibt sich ein klein wenig wie der damalige Sonnenkönig der ‚Grande Nation' in Versailles.

Ich war da kürzlich in Wien in einer Kneipe, und nach bierseliger Runde meinte doch einer der älteren halb oder ganz Besoffenen zu mir: ‚Wissens, a Hitlär müsste wieder komma! Verstehn's mi recht: Nit so a Spinnerter wie der Letzte. I moin a rechter! Der würd' aufröime mit dem Saulade von heit!'"

„Ja, spinnen denn heute alle?", riefen die Uniformierten im Chor.

„Ausser uns Genfern wohl schon!"

Aber damit waren die Untersuchungen nun wirklich nicht abgeschlossen und die Ermittlungen ebenfalls nicht.

6

Holzkofler wurde doch nicht in eine Klapsmühle eingewiesen. Im Gegenteil, als er das Band der Überwachungskamera ablieferte, dass sein Gespräch mit Michael Gantner tatsächlich aufgezeichnet hatte, wurde dieser mit viel Lob entlassen und Michael vorläufig als Hauptverdächtiger aus der Ausnüchterungszelle in Untersuchungshaft überstellt.

„Dieses Gespräch an der Bar zweier Halbbesoffener gibt es wohl jeden Tag tausendmal. Wenn alle Mordpläne, die dort geschmiedet werden, durchgeführt würden, so hätten gewisse Städte vermutlich viel weniger Einwohner", meinte der Chef der Kriminalpolizei Genf.

„Womit Sie wesentlich zur Aufklärung dieses Falles beigetragen haben", erwiderte einer der Ermittler, der mit seinem Boss vermutlich auf Kriegsfuss stand.

„Werden Sie nicht frech und ausfällig", wurde dieser angefaucht.

Dank modernster Überwachungstechnik wurde nun trotzdem sofort auch Holzkofler in seinem Hotel überwacht. Das Gleiche wurde angeordnet für Elenas Freundin Katherina. Alle Mails wurden abgefangen, Telefongespräche abgehört. Handys können heutzutage so leicht geortet werden wie kaum zuvor.

„Schön wäre es, wenn Verdächtige wieder mal daran denken würden, Brieftauben einzusetzen!", meinte einer der Überwacher lakonisch. „Dann hätten wir weniger Arbeit!"

Der Ehemann Michael war entweder dumm, oder er stellte sich mit schauspielerischem Talent dumm. Aus ihm war nichts herauszubringen. Einziger Verdachtsmoment war: er weinte seiner getöteten Frau kaum eine Träne nach. Aber solche Ehemänner gäbe es wohl manche.

Inzwischen hatte der wirkliche kaltblütige Mörder alle Zeit der Welt, seine wenigen Spuren in Genf kalt werden zu lassen. Dieser reiste relativ unbesorgt, aber innerlich völlig aufgewühlt, nach Barcelona zurück. Die Überwachungskameras am Flughafen Genf hatten ihn gewiss erfasst. Aber wer sucht denn ihn?

Der Gerichtsmediziner in Genf meinte nach eingehender Untersuchung der Leiche zum Polizeichef und seinen Begleitern: „Schade um eine so schöne junge Frau! Aber den tödlichen Stichen nach zu urteilen, muss ich schon sagen: So ein Messer ist mir völlig unbekannt! Diese tiefen Einstiche deuten eher auf einen Degen, ein Stilett oder was Ähnliches hin. Wie bei einem Stierkampf in Spanien, bei dem der Matador dem Stier den tödlichen Stoss verpasst.

Nicht lächeln, meine Herren. Ich weiss, wovon ich rede. Ich habe mir vor Jahren nach einem grossartigen Stierkampf in der grossen Arena in Barcelona mal diese Wunderwaffen eingehend angeschaut. Kostete mich übrigens einige Überredungskunst in Spanisch und damals einige Pesetas!"

„Barcelona! Das ist das Stichwort! Elena kam von dort! War da vielleicht ein stolzer, eifersüchtiger Spanier und früherer Liebhaber am Werk gewesen?"

Der Chef beschloss, den Gerichtsmediziner und Stierkampfexperten zu seinem Freund, dem Polizeichef nach Barcelona zu entsenden. Man spricht in Genf zwar etliche Sprachen, aber Spanisch ist leider kaum dabei.

„Vielleicht liegt dort der Schlüssel zum Mord, denn hier in Genf zerstieben alle vermeintlichen Spuren wie die herabschiessenden Wassermassen des Jet d'eau."

Die beiden Chefs der Kriminalpolizei von Genf und Barcelona kannten sich recht gut durch eine Ferienbekanntschaft auf den Balearen. Sie fachsimpelten dort mehr, als Sonne und Meer zu geniessen. Man kann doch nicht den ganzen lieben langen Tag faul in der Sonne liegen und im Wasser herumplantschen! Einige kurze Telefonate zwischen den beiden brachte mehr Licht ins Dunkel als alle bisherigen Verhöre und Spurensuchen.

„Sie sprechen also Spanisch?" meinte der Genfer Chef zum Pathologen.

„Leidlich!"

„Gut, ich habe mit dem Chef der Kriminalpolizei von Barcelona Kontakt aufgenommen. Die Leute dort werden mal unauffällig einen gewissen Herrn Miguel Carreras überprüfen. Dieser bekannte Matador war nämlich der frühere Geliebte unseres Opfers. Don Salvares, Chef der Kriminalpolizei in Barcelona, öffnet mir Türen, die sonst vermutlich verschlossen wären. Er ist nämlich ein eifriger Gegner der Stierkämpfe. Sie reisen sofort nach Spanien, um dort für unsere Ermittlungen weitere Türen zu öffnen!"

„So gut spreche ich auch wieder nicht Spanisch!"

„Salvares spricht auch Englisch! Und er kennt in der Altstadt von Barcelona einige hervorragende Kneipen und sogar Gourmet-Tempel!"

„Mir graut vor Spanischen Nieren! Wer isst schon gern die Hoden von erlegten Stieren, die dort als Spezialität angepriesen werden?"

„Seien Sie dankbar, wenn nicht der Stier gewinnt und Sie andere Spezialitäten, zum Beispiel die des Matadors, essen müssen", meinte der Chef mit schallendem Lachen. „Diese wären wohl wesentlich kleiner!"

„Merde!" war die unhöfliche Antwort.

7

Don Miguel Carreras ist tatsächlich ein bekannter Matador mit einer Gage pro Stierkampf bis gegen 50'000 Euro. Als er eben aus Genf nach Barcelona zurückkehrte, schalt er sich doch einen Idioten, seine ehemalige Geliebte in Genf mit dem Degen eines Stierkämpfers umgebracht zu haben.

„Vielleicht lege ich dadurch doch eine Spur zu mir nach Barcelona! Ist mir aber eigentlich doch einerlei, denn ich arbeite ja mehrheitlich in Valencia!"

Die Stierkämpfe sind in Spanien zunehmend umstritten. Dieser ungleiche Kampf zwischen Mensch und Tier sei grausam, so meinen immer mehr Leute. „Ist aber Schlachten besser?", so argumentierte Miguel oft.

Trotzdem: Es gibt einen Rückgang der Besucherzahlen. Aber dies ist auf vielen Gebieten so. Neue Medien führen zu neuen Interessen. In Barcelona tobt seit Jahren ein Kampf, nicht zwischen Matador und Toro, zwischen dem Stier und den Banderilleros und Picadores, die wegen ihrer doch etwas grausamen

„Arbeit" oft auch ausgepfiffen werden. Nein, der Kampf tobt zwischen Verbot und Umgehung des Verbotes von solchen Kämpfen.

Im Jahre 2006 gab es trotzdem in ganz Spanien über zweitausend solche Anlässe. Während offizielle TV-Sender kaum mehr Stierkämpfe übertragen, können private und regionale Sender damit einen kommerziellen Erfolg verzeichnen. So wird die Kontroverse zwischen grausamer Tierquälerei und alter Tradition wohl weitergehen, und dies bis zum Geht-nicht-Mehr!

Miguel war wirklich immer noch rasend vor Eifersucht auf Elena. „Kommt doch da ein kleiner Suizo auf der Rambla daher, flirtet mit meiner Elena und spannt sie mir schliesslich aus. In Ginebra soll der Wohlstand weit höher liegen als hier in Spanien, und was er ihr sonst noch ins Ohr flötete und ihre Sinne verwirrte. Mit mir nicht, Señora! Von wegen Wohlstand! Ich mache hier ein Dutzendmal das grössere Geld als dieser Kerl! Und dazu Ruhm und Ehre, die Gemahlin zu werden eines der berühmtesten Matadors von Spanien!"

„Du liebst mich nicht wegen meiner Persönlichkeit, meines Geistes und meiner Seele! Du gibst nur an, mich zu lieben wegen meines Sex-Appeals!" Solchen und weiteren Unsinn suchte Elena damals als

Entschuldigung, um mit diesem Hund aus Genf ab-
zuhauen.

„Ab Aug', ab Herz", lautet ein altes Wort. Miguel
wartete, bis sich dies bei ihm einstellte. „Vielleicht
hatte Elena schon etwas recht, dass mir wahre Liebe
fehlt. Ich suche vielmehr Ruhm und Ehre. Aber verdammt, gerade hier hat sie mich als stolzen Spanier
zutiefst verletzt und beleidigt."

Diese Gedanken frassen in ihm weiter, höhlten ihn
innerlich aus und machten seine Wut so vollkom-
men, dass er eines Tages nach Genf reiste und sie
mit seinem Degen umbrachte. Warum denn gerade
am Jet d'eau?

Nun, dies sei das Wahrzeichen der Stadt. Und er
wollte ihren Tod als Wahrzeichen eines verletzten
Mannes kennzeichnen. Sie zu überreden, zu einem
Gespräch dorthin zu kommen, war ein Leichtes,
denn offenbar hatte sie inzwischen ständig Streit mit
ihrem Traummann aus Suiza.

Nach der Tat schalt er sich allerdings mehrmals einen Idioten, Elena genau dort ins Jenseits befördert
zu haben, und dies mit seinem Degen. Wenn die
Spezialisten der Polizei in Genf keine Dummköpfe
waren, konnten sie sich vielleicht aus einzelnen Mosaiksteinchen ein Bild zusammensetzen.

„Ach was, wer in Genf kennt mich und denkt an mich. Die kennen dort ja nicht einmal Stierkämpfe!" Er wollte sich mit solchen selbstgebastelten Argumenten beruhigen. Aber diese beunruhigten ihn eigentlich nur noch mehr.

8

Holzkofler reiste mit einer gebastelten Geschichte über den Mord in Genf zurück nach Wien. Aber weder „Kurier" und „Kronenzeitung" waren interessiert an seiner Story. Dies kostete den Enttäuschten wieder manchen Drink an mancher Bar. War seine Zeit als Journalist endgültig vorbei? Das war seine „offizielle Version". „Ha, wenn ihr wüsstet, ihr blöden Deppen, wo heute die Musik spielt! Aber ich spiele gerne noch etwas weiter den dümmlichen Schreiberling. Meine Zeit kommt noch!"

René Müntener, der Gerichtsmediziner aus Genf, stammte ursprünglich auch aus St. Gallen. Auf seine Intervention hin wurde sein „Mitbürger" aus der Gallusstadt, Michael Gantner, auf freien Fuss gesetzt. Allerdings mit der Auflage, die Stadt vorläufig nicht zu verlassen.

„Reine Schikane", meinte dieser mürrisch. Er musste sich nun um die Beerdigung und die Trauerfeier für seine Frau kümmern. „Ich glaube, sie war katholisch", sinnierte er. „In Spanien sind ja wohl alle katholisch, wenigstens auf dem Papier!"

Müntener reiste so bald wie möglich nach Barcelona. Don Salvares und er trafen sich an einem Ort, der wohl kaum abgehört und durch Videokameras überwacht wurde. Oder doch? Sicher war man nirgends mehr. Aber am besten versteckt man sich in Touristenschwärmen. Und das heisst in Barcelona unter anderem: „Sagrada Familia"! Jedenfalls kann man dort auch mit raffinierten Richtmikrophonen kaum etwas Vernünftiges herausfiltrieren. Das lustlose Geschnatter der Reiseführer in einem Dutzend oder mehr Sprachen macht dies einfach unmöglich. Geschweige denn im Wortschwall der Tausenden staunender Besucher mit Sprachfetzen von Japanisch bis Arabisch.

Der Bau der „Sagrada Familia" wurde 1882 begonnen und soll bis 2026 vollendet werden. Wenn das Geld reicht – und das reicht wohl nie! Diese gewaltige Kirche soll einmal 18 Türme besitzen. Zwölf für die Apostel (und was ist denn mit Paulus, mindestens dem dreizehnten?), vier Türme für die Evangelisten (wovon doch mindestens Johannes später auch ein Apostel war?), und die zwei übrigen für Maria und für Jesus Christus. Jener sollte dann 170 Meter hoch werden und damit alle Kirchtürme der Welt überragen.

Würde, sollte! Vermutlich glauben selbst Gläubige kaum mehr daran!

Nun, zum Trost: Der heute immer noch höchste Kirchturm der Welt, der Turm des Ulmer Münsters, blickt auf eine Bauzeit von 1377 bis 1890 zurück. Damals sass das Geld für Sakralbauten noch lockerer oder es wurde aus dem Volk herausgebettelt! Man könnte natürlich noch die unendlich lange Baugeschichte des Petersdoms in Rom anfügen und so weiter. Aber lassen wir das, denn „unsere Geschichte" dauert zum Glück ja nicht so lange!

9

„Willkommen in Barcelona, Señor Muntener" begrüsste Don Salvares den Mann aus Suiza. Mit den Umlauten haben die meisten Lateiner grosse Mühe.

„Buenos Dias" erwiderte Müntener, nicht sehr glücklich über seine Expedition nach Barcelona, aber doch staunend über das grossartige Bauwerk der Sagrade Familia.

„Wie wollen wir uns nun unterhalten", meinte Salavres. „Spanisch, Englisch oder Deutsch?"

„Geht es auch in Russisch oder Chinesisch?", lächelte René zurück.

„Noch nicht", grinste Salvares. „Aber wer weiss, was wir in Zukunft noch erlernen müssen!
Also dann, am liebsten natürlich Spanisch. Und wenn Sie wollen gespickt mit Englisch und im schlimmsten Fall mit etwas Deutsch!"

Sie tauschten nun ihr Wissen über Miguel Carreras aus, wobei der Beitrag Salvares wohl neunzig Pro-

zent betraf. Müntener erhielt tatsächlich die Anschrift des Matadors in Barcelona und in Valencia.

„In Valencia besitzt er eine grossartige Zweitwoh-
nung", erklärte Salvares. „Und zudem vermuten wir,
dass der inzwischen wohl steinreiche Halbgott für
viele Spanier auch ein Konto in ihrer schönen Stadt
Genf bei einer Privatbank besitzt. Aber die Herren
dort mauern, wie immer!"

Es stellte sich heraus, dass Carreras zwar kein unbeschriebenes Blatt ist. „Aber ein Gewaltverbrechen
traue ich ihm nur zu, wenn er vor Eifersucht verrückt geworden ist!", erläuterte Salvares.

„Ich glaube, genau hier liegt das Motiv! Wie komme
ich oder dann einer Ihrer Spezialisten an seine Degen heran, die er als Matador benutzt?"

„Glauben Sie, dass der Kerl so blöd ist, nach einem
Mord genau diesen Degen aufzubewahren, so wie
die Trophäen nach einem Stierkampf, Ohren und
Schwanz des Stieres?"

„Eifersucht und gekränkter Stolz bringen die grössten Dummheiten und Verrücktheiten zustande!"

„Da haben Sie vielleicht nicht unrecht. Also, ich
versuche einen Durchsuchungsbefehl für seine
Wohnungen in Barcelona und Valencia zu bewirken.

Ist nicht so leicht, denn er ist eine Art Nationalheld. Hinzu kommt der Neid zwischen Barcelona und Valencia. Darf ich Sie jetzt zu einem rustikalen Essen einladen?"

„Gerne, aber bitte keine spanische Spezialität, wie sie nach einem Stierkampf angeboten werden!"

„Sie wissen nicht, was Ihnen da entgeht. Aber keine Bange, wir lassen die schwarze Brühe vom Tintenfisch, die man mit Brot auftunkt, chinesische Affenköpfe, französische Weinbergsschnecken oder Froschschenkel und unsere spanischen Nierchen weg! Wie wäre es mit einer Gazpacho Andaluz, mit Jamón y Queso, und nachher einem feinen Steak? Hernach Dulces nach Wahl?"

„Ich bekomme Hunger!"

„Und ich Durst. Vamos, Señor! Ich kann nach einem feinen Essen vielleicht charmanter mit den zuständigen Stellen telefonieren!"

Nun, telefonieren konnte auch ein anderer, und zwar mit seinem Handy, mit dem er diverse Fotos schoss. Die Lieblingslokale des Polizeichefs von Barcelona waren inzwischen bei manchen bekannt. Auch beim fürstlich bezahlten Handy-Fotografen, der mit seinem kleinen Ding herumfuchtelte und zwischendurch wieder komisch am Ohr hielt, um einigermassen guten Bilder zu schiessen.

Der Auftraggeber war ein karrieresüchtiger Beamter in der Abteilung von Salvares. Ein eventueller „Absturz" seines Chefs könnte ihm vielleicht einige Stufen auf der Leiter nach oben bringen. Und dessen Auftraggeber? Es war kein anderer als ein berühmter Stierkämpfer, der abwechslungsweise in Barcelona und Valencia lebte.

10

Die Hausdurchsuchungen bei Miguel Carreras konnten nach viel Papierkrieg und Palaver endlich durchgeführt werden. Dieser studierte inzwischen die ihm zugestellten Handyfotos genauestens.

„Weg mit dem Degen!" sagte er sich. „Aber wohin? Wegwerfen kommt nicht in Frage. Zu viele Erinnerungen und Triumphe sind daran gebunden. Aber da steht doch in Valencia ein Museum für Stierkämpfe. Es gibt bestimmt keinen besseren Platz für die Mordwaffe. Wer sucht schon danach in einem solchen Nationalheiligtum?

Auch bei der Einreise in die Schweiz konnte gewiss nichts registriert werden. Der freie Personenverkehr macht's möglich! Oder werden doch alle Autos durch Kameras festgehalten? Heute ist einfach technisch alles möglich. Die meisten Wagen an der Genfer Grenze haben französische Kontrollschilder. Da fällt ein einzelner Spanier doch auf. Die Chance aber ist gewiss eins zu tausend, dass mein treuer Diener Pedro mit meinem Degen entdeckt wurde, den ich voraus geschickt habe bei der Ein- und Ausreise. Er dient mir treu wie ein Hund. Und für mich war es einfach ein Triumph, eine solche Komödie wie in einer alten Oper zu inszenieren. Der Stolz des Rächers verdrängte alle Furcht vor Entdeckung!"

„Auch der Handyverkehr zwischen mir und Elena wurde gewiss nicht abgehört und aufgezeichnet. Elena wurde ja erst bekannt als Leiche! Verflucht, man müsste einfach doch noch viel vorsichtiger sein und einen Mord viel gründlicher planen. Aber wenn der Hass die Sinne vernebelt!"

Als die Policia endlich an die Türen in Valencia und Barcelona klopfte, hing der Degen bereits im Museum. Die Durchsuchungen ergaben nichts Wesentliches. Wirklich nicht? Auf Nachfrage bei der Telefongesellschaft in Valencia wurde immerhin bekannt, dass Señor Carreras in den letzten drei Wochen acht Anrufe nach Genf tätigte. Ähnliches ergab sich in Barcelona, denn von dort wurde eine Nummer in Genf auch dreimal angerufen.

„Ist hier der wunde Punkt? Sollen oder müssen wir hier weiter herumstochern?", fragte sich Salvares. „Aber bitte diskret, meine Herren. Sonst haben wir die Presse und eine sensible Bevölkerung gegen uns, die uns um die Nase reiben wird, wir würden uns besser um die Terrorbande der ETA kümmern, als berühmte Leute zu schikanieren!"

Indessen bestaunten die wenigen Besucher im Museum für Stierkämpfe in Valencia die verschiedenen Waffen der Matadores, der Picadores, der Banderilleros, die Muletas aus bekannten Kämpfen und Hunderte von eindrücklichen Fotos.

Dass an einem der Degen mikroskopisch kleine DNA-Spuren von Carreras und von Elena mit der heute ausgeklügelten Kriminaltechnik zu entdecken wären, wer dachte schon an so etwas Verrücktes!

11

Michael Gantner traf sich in seiner Bar in Genf diesmal mit Katherina, der Freundin seiner Elena. Zu spät entdeckte er in seinem Innersten eine zuvor verschüttete Liebe zu seiner ermordeten Frau. Alltagstrott, Gewohnheit und dadurch Langeweile, so hiess der Schutt, der die wahren Gefühle überdeckt hatte. Jetzt vermisste er Elena schmerzlich, und er fragte sich Tag und Nacht, wie Carreras seine Frau umgebracht haben könnte.

„Wer weiss mehr über die Gedanken und Gefühle meiner ermordeten Frau als ihre Freundin Katherina!" sagte er sich und vereinbarte ein Treffen mit ihr. Widerwillig und nach mehrmalig verzweifelt tönenden Bitten willigte Katherina in ein kurzes Treffen ein. Es wurde ein längeres Gespräch!

„Elena erhielt in den letzten Wochen einige Telefonanrufe von Carreras, ihrem ehemaligen Liebhaber!"

„Warum erzählten weder sie noch du mir etwas davon?"

„Weil du mit ihr in letzter Zeit nicht mehr gesprochen hast. Ihr habt ja nur noch gestritten und gepöbelt!"

„Wurde als Todesursache bei Elena nicht festgestellt, dass sie mit einer Art Degen oder grossem Dolch umgebracht wurde?"

„Ja, irgend so etwas habe ich auch gehört! Teufel nochmals, und Carreras ist Stierkämpfer!"

„Der blickte mich in Barcelona so giftig an, als wenn ich ein Stier wäre, den man umbringen musste. Ich vergesse seine vor Hass glühenden Augen nie!", konstatierte Michael.
„Voller spanischer Grandezza sprach er dabei kein Wort und wandte sich abrupt weg. Aber das war schlimmer als ein Schwall von Flüchen und Verwünschungen!"

„Gehe mit deinem Verdacht zur Polizei!"

„Ich zur Polizei? Niemals! Diese Idioten haben ja auch mich verdächtigt!"

„Du hast dich auch benommen wie ein Idiot. Elena ist oft in ihrer Verzweiflung zu mir gekommen."

„Hör mal, Katherina: Kommst du mit mir auf eine Reise nach Spanien? Ich nehme zwar keinen Dolch und keinen Degen mit, aber einen schönen Swiss-Army-Knife. Der ist auch nicht unwirksam!"

„Wirklich, du warst und bleibst ein Idiot!"

Die beiden trafen sich noch einige Mal, und allmählich reifte der Plan, doch zusammen nach Iberien zu reisen. Man konnte dies als Ferienreise kaschieren. Und wenn die Leute über sie tuschelten, so war das egal. Katherina liess sich anstecken vom Reiz eines kleinen Abenteuers. Zu allem Übel stellte sie fest, dass Michael kein so übler Kerl war. Ob Elena, aus einem anderen Kulturkreis stammend, ihn doch nicht immer so ganz verstanden hatte?

In Valencia reifte bei Carreras etwa zur gleichen Zeit der Plan, nochmals nach Genf zu reisen, um dort den Mann seiner Ex-Geliebten ebenfalls zu beseitigen.

„Wenn dieser einigermassen bei Verstand ist und kombinieren kann, dann muss ich für ihn verdächtig werden! Also gilt es, auch dieses Risiko auszuschalten!"

12

Der Spanier Carreras reiste also nochmals nach Genf. Und die Wahlgenfer Michael und Katherina nach Barcelona. Sie mussten sich vermutlich sogar irgendwo mit ihren Wagen gekreuzt haben. Dies ausgerechnet in Frankreich im schönen Rhonetal.

Michael „beschaffte" sich Unterlagen über Carreras, was ihn aber auch etliche Schweizer Franken kostete. Er wusste nun Bescheid über beide Wohnadressen, über seine Autos und deren Kontrollschilder, über bevorzugte Restaurants und erhielt die Namen von Freunden. Dabei fand er auch eine Schwachstelle des berühmten Mannes: Eine käufliche Dame namens Elvira Gonzáles, die sich offiziell nur mit ihm und inoffiziell auch mit einigen wenigen zahlungskräftigen Freiern in ihrer Luxuswohnung in Valencia traf.

Miguel Carreras reiste ebenfalls mit einigen Kenntnissen über Michael nach Genf. Was für ihn wichtig war: Dieser wohnte noch immer im gleichen Appartement wie früher mit „seiner" Elena. „Einen Schlüssel oder Dietrich zu jener Wohnung zu verschaffen, muss ein Kinderspiel sein", dachte er sich, „wenn dabei die Franken oder Dollars rollen!"

Aber alle Suche der beiden Parteien, alles Schnüffeln, sogar in deren Wohnungen, ergab eigentlich nichts Wesentliches. Und so reisten alle wieder ziemlich frustiert zurück.

War es Zufall, war es Fügung? Carreras und auch Patrick mit Katherine, die sich immer näher kamen, beschlossen auf dem Heimweg eine Zwischenstation einzuschalten. Aber wo denn? Es gibt gerade im Rhonetal in Frankreich viele bekannte und berühmte Orte, auch im Zusammenhang mit Spitzenweinen. Ein Ort ragt aus allen heraus: Avignon!

Weil gerade in der Touristensaison in Avignon ein grosses Theaterspektakel stattfand *(man spricht davon, es sei das grösste der Welt; aber für das Label „ Grösstes der Welt" mussen vielerorts viele Dinge herhalten!)*, waren Hotels und Pensionen seit Wochen ausgebucht. Deswegen fanden die drei sehr ungleichen Leutchen effektiv im gleichen Haus etwas ausserhalb der Stadt nur durch ein Wunder noch ein Zimmer.

Für Michael und Katherina gab es natürlich nur ein Doppelzimmer. Alle Einerzimmer waren belegt. Eigenartiger Weise waren beide darüber nicht schockiert, sondern zufrieden und später sogar glücklich.

Dies dem andern zunächst zu zeigen, das wäre ja wie sich nackt ausziehen.

Dies geschah zu ganz später Stunde dann doch. Gerade auch darum wurde es für beide eine grossartige Nacht in dieser einstmals so frommen Stadt.

13

Avignon eine fromme Stadt? Wer kennt nicht das weltbekannte Volkslied „Sur le pont d'Avignon" *(Auf der Brücke von Avignon)?*

Die ursprüngliche Form hiess etwas anders. Es war nämlich das Spottlied „Sous le Pont d'Avignon" *(Unter der Brücke von Avignon")*, denn dort war in der päpstlichen Zeit dieser Stadt das Rotlichtviertel der Stadt!

Natürlich, Avignon war zwischen 1335 und 1430 Papststadt. Neun Päpste und darunter vier Gegenpäpste haben dort regiert. Der französische König wollte damals aus dem Papsttum ein persönliches Instrument der Macht aufbauen, denn der französische Einfluss im Kollegium der Kardinäle war damals sehr gross. Die Baustelle für die Päpste in Avignon wurde damals zur grössten des Jahrhunderts. Und woher kamen wohl das Geld und die Bauleute? Ein König von damals hatte unbeschränkte Macht und damit auch entsprechende Mittel!

Ein Detail doch aus den Bauten: Der Speisesaal des Papstes hat eine Länge von nahezu 50 und eine Breite von zehn Metern. Für damalige Verhältnisse einfach riesig und der grösste Raum der Paläste. Bezeichnend für die Kurie im 14.Jahrhundert.

War dies ein Grund unter manchen anderen, dass der ehemalige katholische Mönch namens Martin Luther eine Revolution, besser bekannt unter dem Begriff „Reformation", startete? Kaum, denn er kannte damals Avignon wohl nicht. Hingegen Rom und dessen Auswüchse sehr gut. Durch sein „Hier stehe ich, ich kann nicht anders; Gott steh' mir bei", schwächte er den Einfluss von Rom nach der Abspaltung der Orthodoxie und der Anglikanischen Kirche erneut wesentlich.

Genau in diesem Speisesaal, und nicht etwa in ihrem Hotel, begegneten sich die beiden Señores. Sie erkannten sich auf Anhieb aufgrund ihrer früheren Begegnung auf der Rambla von Barcelona, bei der damals eine unausgesprochene Kriegerklärung vorherrschte. Die jeweilige Führung der beiden Gruppen, die sich kreuzten, setzte ihre Besichtigungstour ohne die beiden fort, ohne dies zu bemerken. Ausser Katherina, die diskret Michael hinterherschlich.

„Was nur hat er denn plötzlich? Unsere gemeinsame Nacht war doch so wunderschön!", fragte sich Katharina verwundert. Sie kannte natürlich Don Carreras nicht.

Als die beiden Kontrahenten sich in einer stillen und etwas abgeschiedenen Seitenkapelle des ehemals riesigen Papstpalastes trafen, flogen bereits die Funken, bevor die ersten Worte fielen. Sie standen sich so hasserfüllt gegenüber, dass der „Abschied" damals auf der Rambla in Barcelona geradezu ein mildes Gewitter war. Jetzt begann ein Taifun zu toben!

„Soll ich diesen Schweinehund erpressen oder gleich umbringen?", fragte sich Michael. „Ich habe mein Messer dabei!"

„Ich bringe ihn gleich hier um, denn sollte er mich erpressen, so ist das eine Spirale ohne Ende. Aber ich habe keine Waffe dabei", überlegte sich Carreras blitzartig.

Dass Katherine ihnen folgte, bemerkte in ihrer Wut und im blanken Hass keiner der beiden Mordlüsternen.

Hier die „Konversation" der beiden wiederzugeben, dazu sträubt sich die Feder. Halb Spanisch, halb Deutsch, gemischt mit etwas Englisch, zischten Flüche, Verleumdungen, Verwünschungen, Drohungen hin und her, die jeden Übersetzer in andere Sprachen zur Verzweiflung getrieben hätte. Ob jeder den anderen in allen Worten verstand? Das war bedeutungslos, denn für blinden Hass, verletzten Stolz und innerlich auffressende Eifersucht fehlten doch die rechten Worte!

Michael zückte, als der letzte Faden der Beherrschung riss, sein Messer. „Für den tödlichen Stich ins Herz ist diese Klinge vielleicht doch zu kurz. Aber für die Halsschlagader reicht es allemal. Dann den Mund zupressen für eventuelle Schreie. Wer weiss, die Akustik in diesen alten Gemäuern ist vielleicht gut!", rasten seine Gedanken durch den Kopf.

Mit einem Hechtsprung war er am Hals seines Opfers und stiess mit der Klinge unterhalb des Ohres so tief wie möglich hinein und zog diese mit einem Ruck schräg nach unten. Im Blutrausch etwas umnebelt, von den Blutspritzern, die ihn trafen, erschreckt, dachte er sich doch tatsächlich: „Gut, dass ich damals meine Ausbildung in der Armee bei den Grenadieren im Südtessin hatte. Dort lernt man solche Übungen an Puppen. Bei lebenden Körpern fährt die Klinge seltsamerweise noch viel besser rein!"

Ein grauenhafter Schrei riss ihn in die Gegenwart zurück. Dieser kam nicht von Carreras. Der war nach kurzer Zeit mausetot. Der Schrei kam von Katharina, und dies erschreckte Michael weit mehr als der tödliche Stich und Schnitt.

„Um Himmels Willen, warum bist du hier?"

„Um dich zu retten. Aber ich denke du bist rettungslos verloren. Du hast gemordet!"

„Dieser Teufel auch, und zwar meine Frau!"

„Aber man tötet doch nicht hier, an solch geweihten und heiligen Stätten!"

„Ich glaube fest, dass hier nicht der erste Mord und das erste Verbrechen stattfinden! Denk mal an diese Jahrhunderte alten Gemäuer und zu was sie alles dienten. Sicher nicht nur zur Meditation und zum Gebet. Aber gut, dass du hier bist. Wir müssen sofort abhauen. Bis die Reiseleiter bemerken, dass drei aus ihren Gruppen fehlen, sind wir Dutzende von Kilometern vom Tatort entfernt."

„Weißt du denn, wo unser Wagen steht?"

„Kümmere dich nicht um solche Details. Komm jetzt, Liebste! Nicht zu hastig, aber auch nicht zu langsam, damit wir nicht auffallen. Ich werde den Ausgang schon finden!"

„Ich muss mich gleich übergeben!", klagte Katherine.

„Halte mich nicht für herzlos, aber für solche Regungen haben wir einfach keine Zeit. Steck den Finger rein und reinige dich hernach sofort und so gut wie möglich! Nur raus hier. Die Gefängnisse in Frankreich sollen nicht komfortabel und stets mit Nordafrikanern überfüllt sein!"

Nur, was ist der Fluch unserer Zeit? In jener Seitenkapelle war auch so eine verflixte Kamera angebracht. Es wurde genug Schaden angerichtet in den alten Papstpalästen, als diese eine zeitlang sogar in eine Kaserne umgewandelt und dabei wertvolle Fresken zerstört wurden. Die wenigen übriggebliebenen alten Malereien mussten unbedingt geschützt werden.

Aber Patrick und Katherine hatten erneut unverschämtes Glück: Die Kamera war wieder einmal nicht geladen, weil der zuständige Museumsbeamte zwar nicht unter dem Pont d'Avignon seinen Rausch ausschlief, sondern ganz brav bei seiner Frau zu Hause. Als diese später Besuch von der Polizei erhielt, rief sie Zeter und Mordio. Zur Polizei oder zu ihrem Mann? Wohl zu allen!

Eigentlich muss man den Beamten auch etwas verstehen. Immer nur Kameras „laden und entladen", wenn doch nie jemand etwas braucht, ist doch ziemlich langweilig und bringt Frust oder nicht?

14

Bei der Identifikation des Ermordeten wurden die Beamten doch etwas aufgeschreckt. Immerhin war Don Carreras in Spanien so etwas wie ein Nationalheld. Aber was soll's, vielleicht könnte man den Mord der ETA in die Schuhe schieben? Trotz EU und trotz freiem Personenverkehr: Für einige Franzosen hört hinter den Pyrenäen Europa auf.

Die Kriminaltechnik ist heute derart ausgeklügelt, dass Leute, die vor zwanzig oder dreissig Jahren auf diesem Gebiet tätig waren, davon nur träumen konnten. Aber viele der örtlichen Organe müssen für Spezialuntersuchungen doch die Hilfe einer grösseren Stadt anfordern. Und diese Spezialisten oder zumindest deren Vorgesetzte ernten dann die Lorbeeren. Gerade wegen solchen Rivalitäten und Reibereien wurde wohl dann manches unterlassen. Denn aus Avignon ausgerechnet Paris oder Marseille um Hilfe zu bitten, das war für stolze Beamte doch eine Zumutung.

Raubmord schied aus. Carreras trug Pass, Uhr, Kreditkarten, Geld, alles bei sich. Also blieb gewiss

Mord aus Eifersucht. Spanier sind heissblütig. Oder dann halt doch die ETA? „Dies wäre für uns am Einfachsten!" meinten die örtlichen Beamten.

Im etwas lapidaren Abschlussbericht hiess es darum auch folglich: „Mordmotiv unbekannt. Keine Indizien gefunden. Von einem Täter fehlt jede Spur. Tod muss schnell eingetreten sein durch Trennung der Halsschlagader mit einem sehr scharfen Taschenmesser. Die spanischen Behörden sind gebeten, im persönlichen Umfeld des Ermordeten zu ermitteln, da hierzu in Frankreich jegliche Unterlagen fehlen!"

Die Leiche wurde nach Valencia überführt. Mit vielen „Carambas" wurde dort weiter ermittelt und der Bericht aus Avignon schliesslich naserümpfend als unbrauchbar zu den Akten gelegt. Die Trauer war bei vielen Verehrern einige Tage gross und wurde dann wie immer abgelöst durch neue Ereignisse.

Jemand aber sah seine Geldquelle und die monatlichen Mietzinszahlungen für das Luxusappartement versiegen. „Die Wohnung räumen? Das wäre ja grauenhaft! Oder sich einen neuen Liebhaber zulegen? Ich bin doch eine Dame von Welt und keine Luxusdirne!"

„Ich werde den Mörder oder die Mörderin meines Miguel suchen und finden. Niemand kennt ihn und seine Geheimnisse so gut wie ich. Man plaudert über alles, wenn man sich liebt. Und ich liebte ihn wirklich. Ob er mich auch liebte? Nun, sein Leben und seine Liebe war der Stierkampf. Aber ich glaube mit der berühmten weiblichen Intuition, dass er auch für mich tiefe Zuneigung empfand!"

15

Michael und Katherina wechselten sich am Steuer ihres Wagens ab und fuhren die ganze Strecke von Valencia nach Genf in einem Zug durch, als wenn ihnen der Teufel auf den Fersen wäre. Derweil schmiedeten sie Pläne für die Zukunft. „Wird es eine gemeinsame Zukunft werden?", fragten sie sich im Stillen.

Michael meinte darum, als Genf in Reichweite kam: „Katherina, glaubst du nicht auch, dass Genf für mich in nächster Zeit ein zu heisses Pflaster wird? Die Ermittlungen der Genfer Polizei im Verbund mit denen von Valencia, Barcelona und nun auch Avignon bringt diese Leute früher oder später auf meine Spur. Du weißt, ich komme ursprünglich aus St. Gallen. Dort leben auch meine Eltern in einem behäbigen und grossen alten Haus mit viel Platz. Und dort finde ich vorübergehend gewiss Unterschlupf. Wer sucht mich schon dort? Früher war der böse Spruch im Umlauf: Hinter Winterthur hört die Schweiz auf! Kommst du mit mir?"

„Dumme Sprüche helfen uns jetzt nicht", erwiderte Katherina todmüde, aber auch todernst. „Ich habe meinen guten Job in Genf. Diesen kann ich doch nicht einfach hinschmeissen!"

„Aber ich glaubte, wir lieben uns. Und Liebe kennt keine Grenzen!"

„Die Polizei aber auch nicht. Die hat im Handumdrehen deine neue Anschrift!"

„Aber die Beamten haben sich ja bei mir im Zusammenhang mit dem Mord an meiner Ex bis auf die Knochen blamiert!"

„Nicht aber die Polizei aus Frankreich und Spanien. Die Daten werden heute in Windeseile ausgetauscht. Und zudem kann ich mir vorstellen, dass gewisse Leute und Freunde von Carreras bald wie Bluthunde auf deine Fährte kommen!"

„Mal doch nicht den Teufel an die Wand!"

„Nein, ich gehe nur realistisch die Möglichkeiten durch!"

„Also gut: Wir treffen uns trotzdem in einigen Tagen ganz unverfänglich in der weltberühmten Stiftsbibliothek in St. Gallen. Bis dann sind unsere Gedanken klarer, und wir können die Zukunft planen. Ich rufe dich an!"

„Aber nicht auf meinem Handy! Wir telefonieren kurz aus verschiedenen Telefonautomaten, auch wenn diese heutzutage kaum mehr benutzt werden und kaum mehr vorhanden sind. Du machst den Anfang. Ich gebe dir hier die Nummer einer Kabine in Genf, in der du mir übermorgen um elf Uhr erreichen kannst!"

„War dies deine diskrete Nummer für frühere Liebhaber?"

„Einfaltspinsel! Wir haben jetzt andere Probleme aus der jüngsten Vergangenheit zu lösen", meinte Katherina, innerlich doch etwas belustigt über den leichten Anfall von Eifersucht bei Michael.
„Ich glaube, er liebt mich wirklich! Und ich ihn?", sinnierte sie. „Vielleicht auch!
Elena war doch ein wenig blind. Zieht man bei Michael an den rechten ‚Fäden', ist er wirklich ein charmanter und intelligenter Mann. Leider nun aber auch ein Mörder!"

16

Die Stiftsbibliothek St. Gallen zählt zum UNESCO-Kulturerbe. Diese ging aus der Zelle des irischen Mönchs Gallus hervor, der das Christentum um 612 in diese Gegend brachte. Die Bibliothek und deren Prachtbau zählen zu den ältesten Klosterbibliotheken der Welt. Über 2000 Handschriften, Inkunabeln und Frühdrucke sowie gegen 200'000 Bücher stellen einen Reichtum sondergleichen dar.

Aber all dies interessierte Michael und Katherina im Moment überhaupt nicht, als sie miteinander leise flüsternd in diesen ehrwürdigen Hallen auf und ab gingen und ab und zu einen interesselosen Blick in Schaukästen alter Schriften warfen, um nicht unangenehm aufzufallen.

Ihre schlurfenden Schritte rührten zum Teil daher, weil der kunstvolle Holzboden nur mit Filzpantoffeln betreten werden darf. Dieses ungewöhnliche und etwas mühselige Gehen kam ihnen aber ganz gelegen.

Schliesslich meinte Katherine: „Ob in St. Gallen oder Genf, ob in einem Kuhdorf in den Bergen oder in einem Urlauberzentrum, man wird dich überall finden! Das Meldewesen in der Schweiz ist präzise und die Vernetzung und Überwachung total! Ob Steuerbehörden, ehemalige oder künftige Arbeitgeber, als Militärdienstpflichtiger, was auch immer: Du stehst auf dem Präsentierteller! Komm zurück nach Genf in deine Wohnung. Dort bist du am unauffälligsten! Zudem: Ich liebe dich!"

„Das ist das Schönste, was ich je gehört habe!"

„Echt?"

„Echt!"

„Ich glaube trotzdem, dass du ein kleiner Heuchler bist. Komm und beweise mir das Gegenteil!"

„Wie denn?"

„Indem du auf das Standesamt in Genf gehst und unser Aufgebot bestellst!"

„Dass ihr Frauen uns auch immer gleich unter der Haube haben wollt!"

„Wie heisst es so schön", erwiderte Katherine. „Vertrauen ist gut, Kontrolle ist besser!"

17

Sechs Wochen später waren sie ein Paar. Das früher beachtete sogenannte „Trauerjahr" war also gerade mal knapp drei Monate alt. Aber wen kümmert dies heutzutage noch? Ein paar Ewiggestrige? Sollen diese doch denken, was sie wollen!

Aber in sechs Wochen kann auch sonst mancherlei geschehen. Denn inzwischen logierte in Genf im Hotel du Rhône eine gewisse Elvira Gonzáles!

Und was wirklich auch interessant ist: Ein gewisser gescheiteter Journalist namens Holzkofler aus Wien wollte der Welt beweisen, dass er noch nicht abgehalftert war, und residierte auch im du Rhône.

„Die alte Geschichte mit Sissi muss ich jetzt wirklich begraben", schimpfte er vor sich hin. „Obschon ich vermute, dass jede zehnte Österreicherin gerne diesen Namen tragen würde. Aber so viele Kaiser Franz Josef gibt es ja auch nicht mehr! Meine wahre Aufgabe und Identität muss aber geheim bleiben. Ich muss mir also eine andere Story ausdenken, an der ich jetzt herumschnüffle.

Nur dieser ominöse Mord beim Jet d'eau beschäftigt mich weiter. Messerstiche von einem Degen? Und der ehemalige Freund von Elena aus Barcelona ein berühmter Matador. Dieser ist jetzt auch umgekommen durch einen tödlichen Schnitt durch die Halsschlagader. Wo war dies gleich? Ah, natürlich, in Avignon. Eifersucht und Abrechnung? Ein solches Thema könnte auch Leser in der Heimat interessieren. Nur der ‚Kronenzeitung' und dem ‚Kurier' werde ich mit meinem Sensationsbericht die kalte Schulter zeigen."

Mit diesen Gedanken begann er wieder zu recherchieren. Und wo? Genau in der Bar, in der er damals Michael getroffen hatte. Sollte es dort wirklich wieder zu einem Gespräch kommen, so wusste er genau, wo man sich hinsetzen musste, um von der Kamera nicht erfasst zu werden. Es gibt immer sogenannte tote Winkel!

„Kinder, wenn ihr wüsstet, in was für einem Auftrag ich wirklich ermittle! Wien ist UNO-Stadt, Genf ebenso, und dann natürlich der Hauptsitz in New York! Und Elena wie auch Katherina arbeiten als Übersetzerinnen in diesem Verein. Sogar Michael wird sich wohl um einen Job bei dieser Organisation bemühen müssen, um endlich wieder Arbeit zu haben. Sicher kannten und kennen solche Leute nicht die Top-Secret-Interna, aber manches Bild kann man mit Mosaiksteinchen zusammensetzen!"

Am dritten (oder war es der fünfte?) Abend hatte er doch tatsächlich Glück. Michael, den er auf Anhieb wiedererkannte, trat an den Tresen. Elektrisiert trat er auf ihn zu und fragte lächelnd:

„Kennen Sie mich noch, Herr Gantner? Gestatten: Holzkofler aus Wien. Wissen Sie, der verrückte Kerl, der wegen des Sissi-Falles neues Licht ins Dunkel bringen wollte und der mit dem Mord an Ihrer Gattin hier in Genf auch in die Pedrouille kam!"

„Ja, was zum Teufel tun Sie denn hier schon wieder?", meinte Michael, während Zorn in ihm aufkeimte.

„Kommen Sie, mein Herr, in jene schöne Ecke. Sie sind zu einem Drink eingeladen. Und wissen's, dort nimmt uns keine Kamera auf. Ich habe dies getestet. Man wird vorsichtig in einer überwachten Welt. Ich werde Ihnen erzählen, warum ich wieder in Ihrer schönen Stadt weile!"

Holzkofler erzählte Michael eine Geschichte, die bei näherer Analyse eigentlich haarsträubend klingen musste. Aber dies ist das tägliche Brot der Journalisten. Michael hörte sowieso nur halbherzig zu. Er wollte so schnell wie möglich wieder nach Hause. Katherina hatte Spätschicht. Er wollte sie beim Heimkommen mit einem selbstgebastelten Abendessen überraschen. Kein Essen für Gourmets, aber ein Diner für Neuvermählte und sehr Verliebte.

Also verabschiedete sich Michael bald und flüchtig von Holzkofler mit der Bemerkung, er wolle seine Frau abholen und zum Essen ausführen.

„Was, Sie sind schon wieder verheiratet?"

„Ja, warum? Stört Sie das?"

„Aber gewiss nicht, mein Herr. Richten Sie der gnädigen Frau von Unbekannt einen herzlichen Gruss aus!"

„Immer dieser Wiener Schmäh", dachte Michael, noch mehr gereizt. „Unbekannt ist Ihnen meine Frau nicht. Sie war mit dabei bei den Verhandlungen und Untersuchungen im Zusammenhang mit dem Tod meiner ersten Frau!"

Sofort schalt er sich wieder mal einen Vollidioten! „Was geht das diesen Schreiberling an! Es gibt drei Gefühlsregungen, bei denen man unabsichtlich zu plaudern beginnt: Im Bett bei einer Geliebten, wenn man besoffen ist oder im Zorn! Junge, das solltest du doch inzwischen gelernt haben!"

Aber zwei Dinge kann man nicht zurücknehmen: Einen geworfenen Stein und ein ausgesprochenes Wort. „Hätte ich dem Wiener doch besser einen Stein an den Kopf geworfen, als Dinge zu schwafeln, aus denen der wieder eine Räubergeschichte basteln wird.

Holzkofler zog sich leise lächelnd zurück in sein Hotel. „Muss mal abklären, wer die Glückliche ist, die nach zwei Monaten einen ehemals Mordverdächtigen geheiratet hat!"

18

Der nach aussen hin mit aller Kraft sein Comeback suchende Holzkofler vereinbarte nach mehrmaligen Versuchen ein Treffen mit Katherina, indem er diese mit Enthüllungen lockte, die sie wohl sehr interessieren würden. Widerwillig und doch neugierig willigte sie ein, sich in „ihrem" Café zu treffen, in dem sie oft mit Elena Weltschmerz, Klatsch und durchaus auch gute Konversation erlebte.

Holzkofler versprühte seinen ganzen Charme! Er war richtiggehend überwältigt von Katherina, obschon diese ihm sehr reserviert begegnete. Auf ihre Frage, was er ihr denn Wichtiges mitzuteilen habe, druckste dieser mit schönen Vokabeln so lange herum, bis sie wütend meine: „Zur Sache, Herr Holzkofler, oder ich verlasse Sie sofort!"

„Nun, Sache ist, gnädige Frau, dass ich einiges weiss über die Morde an Elena und auch an Carreras." Katherine wurde kreidebleich und wagte kaum, weitere Fragen zu stellen oder Einzelheiten zu erfahren. Sie druckste mühsam heraus:

„Was soll das? Wollen Sie mich erpressen?"

Holzkofler aber, der sein sogenanntes Wissen nur aus der Presse entnommen hatte, versuchte zu kombinieren, meinte mit mittelmässiger Schauspielerei entrüstet: „Aber gewiss nicht, gnädige Frau. Ich möchte Ihnen eigentlich nur behilflich sein!"

„Wie das? Was geht mich der Mord an einem spanischen Matador an?"

„Sehen Sie, Sie wissen also doch davon. Lesen Sie spanische Zeitungen? Es geschehen täglich so viele Morde, dass unmöglich hier in Genf über alle und alles berichtet wird."

Katherine merkte zu spät, dass sie sich verplappert hatte. „Ich arbeite bei der UNO, und da hört man aus allen Herren Länder vieles!", versuchte sie sich zu rechtfertigen.

„Ich mache Ihnen einen Vorschlag", meinte der Journalist. „Sie erzählen mir, was Sie wissen, und ich berichte Ihnen, was ich für Kenntnisse habe!"

„Adieu!" meinte Katherine und schoss davon wie von der Tarantel gestochen. „Eine Lüge zieht die andere nach sich!", dachte sie beim Heimwärtstorkeln. „Ob wohl ein Mord auch den anderen nach sich zieht? Ich muss dringend mit Michael sprechen!"

19

Michael zog Zwischenbilanz. „Der Kerl weiss mehr als er sagt! Er wittert die Story seines Lebens. Aber damit spielt er mit unserem künftigen Leben. Ich denke, wir müssen ihn endgültig zum Schweigen bringen, sonst haben wir niemals Ruhe. Ich glaube, hier wird sich kaum jemand ernstlich um einen ‚zufälligen Tod' eines Schmierfinken kümmern. Die Frage ist nur: Wie, wo und wann!"

„Michael, merkst du eigentlich, auf welchem Niveau wir uns seit einiger Zeit bewegen? Wenn das so weiter geht, leben wir wie Terroristen!"

„Wer terrorisiert hier wen? Bleibt uns eine Wahl, Liebste? Leben ist Kampf, und wir kämpfen um unsere Liebe und unsere Zukunft!", erwiderte er, schon völlig überzeugt von seinen Ideen.

Zu allem Übel vermehrten sich die Komplikationen rasant!

Elvira Gonzáles traf im Hotel ‚du Rhône' rein zufällig Andreas Holzkofler an der Bar. Die halbe Welt der Bedeutenden und auch der Unbedeutenden trifft sich heute ja an einer Bar und nicht mehr wie früher beim oder nach dem Kirchgang. Holzkofler, immer an schönen und vor allem exotisch anmutenden Frauen interessiert, suchte das Gespräch.

„Gnädige Frau, Ihrem blendenden Aussehen nach sind Sie gewiss Südländerin?"

Elvira verstand kaum ein Wort Deutsch, besonders nicht mit Wiener Akzent. Nicht uninteressiert an einem neuen Kontakt in einer ihr völlig fremden, aber schönen Stadt meinte sie erst in Spanisch und dann in Englisch: „Was meinen Sie, Señor?"

Mit Händen und Füssen und mit etlichen Sprachbrocken aus verschiedenen Idiomen erklärte Holzkofler, dass er aus Wien komme, und Elvira bedeutete, dass sie aus Valencia angereist sei.

Holzkofler liess seinen Charme spielen und gab Elvira zu bedeuten, dass er noch nie einer so attraktiven und geistvollen Schönheit begegnet sei, was diese lächelnd zur Kenntnis nahm. Sie witterte bald einmal ein „Geschäft" und dachte: „Das Leben geht weiter und dazu brauche ich auch die entsprechenden Einnahmen."

Sie gab Holzkofler zu verstehen, dass er bestimmt ein interessanter, weit gereister und intelligenter

Mann sei, und nannte ihm dabei ihre Hompage, die auch in Deutsch anzuklicken war. Auch aus dem deutschen Sprachraum sind gutsituierte Kunden immer willkommen. Sie meinte darum hoffnungsvoll zum vorläufigen Abschied nicht „Adios", sondern „Hasta luego"!

Das freudige „Servus" von Holzkofler verstand sie zwar nicht, konnte aber den Sinn in seinen vom Alkohol etwas getrübten, aber doch irgendwie leuchtenden Augen sehr wohl deuten.

Das Anklicken genau dieser Homepage brachte Holzkofler auf die Spur. Da waren doch tatsächlich unter dem Angebot „Reisebegleiterin, mit Service in Stadtbesichtigung und persönliche Betreuung" als Referenz unter anderen bekannten Namen auch der eines bekannten Stierkämpfers – Miguel Carreras – aufgeführt, der für ihre Dienste höchstes Lob bezeugte. Wie ist doch die vernetzte Welt beziehungsweise deren Nutzer oftmals gedankenlos und sogar dumm!

„Hier also rolle ich den Faden auf zu einer Sensationsstory so ganz nebenbei", murmelte Holzkofler. „Und wenn dabei noch ein schönes Schäferstündchen mit der aufreizenden Elvira drin liegt, so wird das meinen journalistischen Geist besonders beflügeln!"

Wie ein Blitz zuckte ein weiterer Gedanke durch seinen Kopf. „Warum kommt diese ehemalige Geliebte Carreras ausgerechnet nach Genf? Vermutlich, um Rache zu nehmen! Liebe Leute, da habe ich ja ein weiteres Druckmittel gegen den sauberen Michael Gantner in der Hand!"

In seinem Reporterhirn bildeten sich schon ganze Kaskaden von sensationellen Headlines. „Ich muss einfach höllisch aufpassen, dass niemand merkt, wie ich das glückliche neuvermählte Paar melken werde. Aber gibt es da überhaupt etwas zum Melken? Haben diese Leute genügend Geldmittel? Nun, im schlimmsten Fall können diese Herrschaften ja auch einen Kredit aufnehmen! Ich schätze neben meinem Hauptgeschäft auch Nebengeschäfte!"

20

Das gegenseitige Abtasten, gepaart mit Misstrauen, aber auch wachsendem Interesse ging weiter, bis sich die vier wirklich Ungleichen einigten, sich zum näheren Kennenlernen und zum Gedankenaustausch auf dem „Genfer Hausberg", der für viele Genfer leider bereits zu Frankreich zählt, nämlich auf dem Salève, zu treffen.

Man vereinbarte, im nahegelegenen Dorf Monnetier in einem kleinen Restaurant einen Imbiss zu sich zu nehmen, nachdem sie vorher die sensationelle Aussicht auf den Lac Léman, die Stadt Genf und anderseits auf Annemasse und den See von Annecy bis hin zum höchsten Berg Europas, den Mont Blanc, geniessen wollten.

Geniessen? Kaum! Denn im Stillen begleiteten diese illustren Leute Mord- und Erpressungsgedanken! Mittlerweile wussten durch Andreas Holzkofler auch Michael und Katherina von der Anwesenheit der spanischen Geliebten des toten Carreras. Gewiss wollte diese ‚Dame' sich rächen wegen des ‚schweren Verlustes', den sie erlitten hatte, vor allem des Verlustes ihrer Einnahmequelle.

„Doppelte Vorsicht ist also geboten oder, wenn nötig, ein doppeltes Verschwinden", ereiferte sich Michael gegenüber seiner Katherina. „Dazu würde sich der über tausend Meter über Meer liegende Salève mit seinen steil abfallenden Felshängen in Richtung Genf gut eignen. Zwei gezielte Schups, und das Problem wäre gelöst!"

„Aber da oben bewundern immer viele Leute die phantastische Weitsicht. Und die Schreie zweier Stürzender würden weit herum gellen. Darum also ist der Treff in einem einfachen Restaurant des Dorfes Monnetier unauffälliger!", erwiderte Katharina. „Allerdings muss uns dort etwas Gerissenes einfallen!"

Michael experimentierte in seinen jungen Jahren begeistert mit Chemikalien und verschiedensten biologischen und pflanzlichen Substanzen, bis hin zu unerlaubten und zum Teil toxischen Pülverchen und Säften. Er war zudem mit einem Arzt bekannt, dem die Approbation entzogen wurde wegen illegalen Abtreibungen. Von diesem lernte er mache Stoffe kennen, die man auf normalem Weg in Apotheken ohne Rezept nicht erhält.

Damals lernte er unter manchen anderen Begriffen ein aus verschiedenen Pflanzen gewonnenes Medikament kennen, das bereits vor langer Zeit eingesetzt und stets weiter entwickelt wurde, namens Digitalis. Dies wird gerne eingesetzt bei Herzrhythmusstörungen. Eine Überdosis kann aber, anstatt zu helfen, zu Herzstillstand führen. Verschwörerisch meinte damals der verkappte Mediziner zu Michael:

„Wenn du jemanden umbringen willst, so hat dieses Mittel den Vorteil, dass man bei einer Obduktion das Medikament nach etwa 24 Stunden kaum mehr im Körper nachweisen kann! In ein Glas schweren Wein geschüttet, verfälscht es gewiss den Geschmack. Aber nach dem dritten Glas merken dies die Wenigsten! Digitalis ist ein weiter Begriff. Du musst schon das richtige verwenden! Junge: Jetzt habe ich dir aber was erklärt, dass du eigentlich nicht wissen darfst!"

Trotzdem klaute Michael dem immer etwas angesäuselten Arzt ein Fläschchen. Gelegentlich wollte er die Wirkung bei einem kläffenden Köter des Nachbars ausprobieren, der ihn durch sein Gebell beim späten Heimkommen in der Nacht immer bei seinen schimpfenden Eltern verriet.

Eigenartigerweise besass Michael dieses Fläschchen immer noch. „Ich glaube aber, dieser Saft ist längst über das Verfalldatum hinaus abgelaufen. Nun, damals war auf den Etiketten solcher Luxus noch nicht aufgedruckt!"

„Ich nehme dieses Zeug einfach mit und wage einen Versuch! Das Wasser steht uns bis zum Hals, und es gilt die alte Regel: Entweder sie oder wir!"

21

Einen bewundernden Blick für das grossartige Panorama hatte niemand, als sie sich auf dem Salève trafen und reserviert freundlich kurz die Hand reichten.

Elvira Gonzáles ist wirklich eine herausragende Schönheit, voller spanischer Grandezza und von einer erotischen Ausstrahlung sondergleichen. Nicht nur Holzkofler, nein, auch Michael war von ihrer Erscheinung schlichtweg hingerissen. Katherina bemerkte dies sofort, und ein Schub von Eifersucht gab ihr einen Stich ins Herz.

Sie flüsterte Michael ins Ohr: „Willst du nun anstelle dieser grossartigen Dame lieber mich vergiften?"

Sofort in die raue Wirklichkeit zurückgerissen erwiderte er: „Bist du verrückt geworden?"

„Ich nicht, aber vermutlich du, und zwar nach ihr! Eine schöne Fratze, ein paar Rundungen am rechten Ort und schon ist bei euch Männern der Verstand dahin!"

„Bitte sei doch vernünftig!"

Holzkofler meinte bei diesem Getuschel: „Wenn Sie beide Geheimnisse austauschen wollen, so sagen Sie es einfach! Wir können uns auch ein andermal unterhalten!"

„Aber Herr Holzkofler: Wir unterhalten uns nur darüber, ob wir Ihnen beiden nicht mal zum Aperitif einen typisch französischen Schnaps empfehlen und offerieren wollen. Wir sind hier ja in Frankreich! Wollen wir uns nach Monnetier aufmachen? Ich glaube, es gibt bald Regen!"

Sie wanderten ziemlich schweigend und in gegenseitigem Misstrauen dem Zweitausend-Seelendorf zu, wobei sich Andreas Holzkofler und auch Elvira Gonzáles ernsthaft fragten, warum die beiden so darauf versessen waren, in jenem Kaff einzukehren. Es gab doch im nahen Annemasse oder auch in Genf genügend Restaurationen aller Gattungen. Auch das Schuhwerk, vor allem bei den Damen, passte nicht so ganz für eine kleine Bergwanderung. „Soll dies wirklich was Spezielles und Besonderes sein?"

Etwas Besonderes sollte das schon werden! Michael bestellte für alle zunächst einen typisch französischen Pastis mit Anisgeschmack, ursprünglich auch als Absynth destilliert, auf Wasser in dem milchigen

Weissgelb und vor allem mit 45 Volumenprozenten Alkohol!

Er schlich sich hinter die Theke zur Serviererin und erzählte der ein Liebesgeschichtchen, für die viele Franzosen immer aufgeschlossen sind. Er wolle seinen beiden Gästen etwas in den Pastis tun, was die Hemmungen abbaut und die Liebesgefühle anheizt. Mit schelmischem Augenaufschlag erwiderte diese: *„Comme vous voulez, Monsieur!"* Dies natürlich auch gerne, nachdem sie ein saftiges Trinkgeld eingesteckt hatte.

„Wie viel Tropfen Digitalis erträgt dieses Gesöff, ohne dass man es beim ersten Schluck ausspeit? Nun, ich kann den beiden Erpressern weismachen, dass dies eben der typische Geschmack sei, an den man sich gewöhnen werde. So ähnlich wie beim Probieren des ersten Whisky! Der Genuss stellt sich später ein!", dachte er sehr sarkastisch.

„Und nun um Himmels Willen nicht die Gläser verwechseln! Also zuerst sicherheitshalber die beiden Gläser für die ‚Gäste', und dann die beiden anderen!" Beim ersten Schluck verzogen Holzkofler und Elvira wirklich das Gesicht zu einer Grimasse, und Michael erzählte seine einstudierte Geschichte.

Während einer kleinen Vorspeise entschuldige sich Katherina höflich, sie müsse sich auf der Toilette die

Nase pudern. Dort wählte sie mit ihrem Handy Michaels Nummer und fingierte so einen Anruf aus Genf. Die beiden unlustig mit der Vorspeise Beschäftigen verstanden trotz Ohrenspitzen natürlich kein Wort, da Michael auf Französisch drauflos schwatzte. Plötzlich meinte er ganz aufgeregt: *„Mon Dieu!"*

Und zu Andreas Holzkofler und Elvira Gonzáles gewandt: „Sie müssen uns tausendmal entschuldigen. Aber soeben erhalte ich die Meldung, dass ein Onkel von mir als Notfall ins Krankenhaus eingeliefert wurde, mit Verdacht auf Infarkt!"

Dass dieser Onkel an einem Infarkt bereits vor Jahren verstorben war, konnten die beiden nicht wissen. Hingegen häuften sich effektiv die ersten Anzeichen, dass die Teufelstropfen wirkten. Sie zeigten eine gewisse Atemnot, und kleine Schweissperlen bildeten sich auf den Stirnen und Gesichtern von Elvira Gonzáles und Andreas Holzkofler.

„Ist das die Hitze vor einem Gewitter, oder hat der Saukerl mir doch etwas in dieses komische französische Gesöff geschüttet?", fragte sich Holzkofler, bereits etwas müde und umnebelt geworden. Er erschrak höllisch, bei Elvira ähnliche Symptome festzustellen, wobei diese offenbar bei Michael und Katherina nicht zu bemerken waren.

Michael legte eilig einen sehr aufgerundeten Eurobetrag auf die Theke und eilte mit Katherina ohne Verabschiedung nach draussen. Dies war ein dummer Fehler. Er hätte sich ordentlich beim Personal erklären sollen. Dieses Abhauen, vor allem wenn man bedenkt, was nun folgte, machte ihn sehr verdächtig. Der „arme Onkel" wurde ihm gewiss nicht lange abgekauft!

Draussen wartete bereits ein Taxi, das Katharina ebenfalls per Handy von der Toilette aus bestellt hatte. Aber heute konnte man zum Teufel noch mal auch Handy-Anrufe orten und nachverfolgen! Der Chauffeur würde sich natürlich auch an die zwei Gesichter seiner etwas ungewöhnlichen Fahrgäste erinnern! Fehler über Fehler. Denn auch die Fingerabdrücke waren an ihren Gläsern, Tellern und am Besteck.

Also nichts wie weg zur Wohnung in Genf, eiligst Wertsachen, das sonst Wichtige packen, zum Flughafen und dort mit einem „Last-Minute-Angebot" auf und davon. Sie wussten: Kameras würden sie auch dort erfassen, und auf der Passagierliste waren sie ebenfalls auszumachen.

„Wir handelten wie aufgescheuchte Hühner!", meinten sie später zueinander und brannten zugleich auf eine Mitteilung in der Presse oder sogar im Fernsehen, ob in einem kleinen französischen Dorf in der

Nähe von Genf zwei Menschen tot zusammengebrochen waren.

Aber wie und wo bekommt man auf Teneriffa, Teil der Kanarischen Inseln, wo sie vier Stunden später landeten, eine französische Lokalzeitung oder gar Lokalfernsehen? Und auf CNN oder BBC wurde über so einen „Zwischenfall" gewiss nicht berichtet! Auch nicht im „Paris Soir" oder „El País"!

„Also Kopf einziehen und neue Pläne schmieden für eine Zukunft in einer noch weniger kontrollierten Ecke der Welt, wenn es diese noch gibt", so beratschlagten die beiden Gehetzten.

„Zum Glück besitzt ich ein Nummernkonto in einer Genfer und ein weiteres bei einer Zürcher Privatbank. Das Bankgeheimnis in der Schweiz ist noch nicht ganz ausgehebelt durch den amerikanischen Geheimdienst und die dortigen Steuerbehörden, und auch der fast unerträgliche Druck seitens der EU konnte bisher etwas abgeblockt werden! Dies wenigstens für Schweizer Staatsangehörige!", erläuterte Michael der inzwischen sehr verstörten Katherina.

„Aber das verfluchte Problem ist: Die Kanarischen Inseln zählen zu Spanien! Und Elvira Gonzáles ist als spanische Staatsbürgerin früher oder später auch ein Thema für den Polizeiapparat dieses Landes!"

22

Nun, das war es nicht, vorläufig nicht!

Als die zu Tode erschrockene Servsrerin im kleinen Dorf in Savoyen die beiden Gäste leblos am Boden liegen sah, rief sie geistesgegenwärtig die Ambulanz und die Polizei an. Über dem sonst so friedlichen Dorf erschien ein Hubschrauber, der den Notarzt brachte. Die beiden vermutlich Toten wurden sofort mit dem Helikopter in die Gerichtsmedizin von Annemasse geflogen. Bis ein Krankenwagen hin und zurück gefahren wäre, verging vielleicht wertvolle Zeit.

In der Pathologie waren die Ärzte gerade wieder mal am „Schnippeln" an zwei anderen Leichen. „Immer nur schön der Reihe nach", meinten sie mürrisch, als vom Heli die besondere Fracht auch noch auf Seziertische gelegt wurde. Erst etwas später untersuchten sie zunächst die Frauenleiche – fast zu spät.

„Wirklich jammerschade um eine so grossartige weibliche Schönheit", meinten die Fachleute. Franzosen haben dafür ein geschultes Auge. Die Ärzte fanden doch tatsächlich Spuren einer Gifteinwirkung, konnten diese aber noch nicht sofort konkret zuordnen. Aber Alarm war gegeben. Also nicht Unglück oder Selbstmord, sondern vielleicht Mord! Diese Meldung ging in Windeseile an den untersuchenden Kommissar und von dem wiederum an die Spurensicherung.

Die Obduktion bei Holzkofler ergab nichts, denn diese erfolgte erst am nächsten Tag. „Also wurde dieser nicht vergiftet, oder aber es handelt sich um einen Stoff, der sich nach einiger Zeit im Körper abbaut und nicht mehr nachgewiesen werden kann!", meinten die Pathologen. „Es ist doch sehr unwahrscheinlich, dass bei diesen beiden Toten einer durch Gift umkommt und der andere nicht!" Damit erschien der Fall höchst interessant und sie waren geradezu elektrisiert.

Die Spezialisten der Spurensicherung ermittelten relativ schnell die Identität der Geflohenen, denn diese hinterliessen ja Spuren wie eine Herde Elefanten. Ihr Signalement samt Foto erreichte durch Europol bald alle Polizeistellen in Europa. Aber leider vergassen einige Beamte in Madrid einen Augenblick, da es sich hier nicht um Menschen- oder Drogenhandel drehte, dass die Kanarischen Inseln auch zu Europa und zu Spanien zählten. Oder waren die entsprechenden Computer nicht oder noch nicht richtig programmiert? Wer sollte dies klären und herausfinden?

Da es sich bei der vergifteten Frau um eine Spanierin aus Valencia handelte, sah man sich bemüssigt, nachträglich auch noch speziell jene fernen Inseln der Kanaren mit Meldungen zu orientieren, die dort aber gewiss nicht als relevant angesehen wurden.

Und in Wien? „Jo mei, jetzt hat's den Holzkofler selbst erwischt", meinte die Gendarmerie. „Dieser war doch immer hinter sensationellen Mordgeschichten hinterher. Und jetzt nimmt er seine eigene mit ins Grab! Warten wir mal ab, was uns da die Franzosen noch liefern werden. Soviel wir wissen, hat der Schreiberling aber keinerlei Verwandten mehr. So wird eine Aufklärung dieses Todesfalles nicht allzu dringend sein.

„Mord ist es, kein Todesfall, du Depp!", meinte einer der Wiener Beamten.

„Jo mei, so oder so: Wen kümmert's?"

23

Nach dem jahrelangen Bürgerkrieg in Nepal, das zuvor dem Himalaya-Tourismus einen grossen Strom von Besuchern verdankte, ist dieses Land seit Ende 2006 sehr froh über jeden neuen Touristen. So werden denn auch Visumsanträge in den Botschaften sehr schnell behandelt.

Dies machten sich Michael und Katherina zu Nutze. Sie flogen in einer Chartermaschine von Teneriffa nach Frankfurt. Da der Tourismus allgemein etwas eingebrochen ist, geschah das früher Unmögliche: Es waren in der Maschine noch Plätze frei. Von Frankfurt am Main reisten sie mit einem in Rekordzeit erhaltenen Touristenvisum nach Kathmandu in Nepal.

Der dortige Flughafen ist im Vergleich zu grossen Metropolen nur ein kleiner Flugplatz. Statistische Angaben sprechen trotzdem von jährlich über zwei Millionen Passagieren, was vermutlich aus „Werbezwecken" schon ein wenig aufgerundet ist, in früheren Jahren mit dem allgemeinen Bergsteigertrend aber gewiss hinkam. So waren dort wohl auch die

Sicherheitsbestimmungen und die Überwachung nicht auf dem neusten Stand oder zumindest oberflächlich.

Nepal war und ist ein Land voller Mysterien und einer Geschichte, die zum Teil heute noch im Dunkeln liegt. Dies ist allein schon daraus zu erkennen, dass auch jetzt noch etwa hundert verschiedene ethnische Gruppen die Gesamtbevölkerung ausmachen.

Die Frage für Michael und Katherina war aber vordergründig, ob sie in Kathmandu eine Bankniederlassung finden würden, bei der man Geld aus der Schweiz beziehen kann. Aber die Banken und ihre Geschäfte sind überall, vielleicht bald auch auf dem Mond! Ein Hotelzimmer zu finden, hing nicht von den Preisen ab, die vermutlich sowieso im Keller liegen, sondern ob es überhaupt noch ein vernünftiges Hotel gab nach all den Wirren und dem Wegbleiben der Touristen.

Und ob es noch solche Hotels gibt! Sie wohnten im „Dwarika's", ein schlossähnlicher und reizvoller Bau mit zum Teil antiken Einrichtungsgegenständen, die auf vorige Jahrhunderte zurückgehen sollen. Eine Mischung aus einheimischen, indischen und wohl auch arabischen Stilelementen wirkte durchaus geheimnisvoll und pittoresk. Die Zimmer waren für ihre Begriffe etwas Dunkel gehalten und von mattem natürlichem und elektrischem Licht erfüllt.

Aber dies entsprach eigentlich ganz der inneren Stimmung von Patrick und Katherina. Es gab sogar, oh Wunder, ein kleines italienisches Restaurant. Nur hatte dies vermutlich wegen mangelnder Nachfrage oft geschlossen. Vielleicht auch gut so, denn Italien ist weit, und die Köche haben wohl noch nie dort Kochunterricht erhalten!

24

Oft sucht man die vielen Achttausender des Himalaya im Abendrot „unter den Wolken", bis man bemerkt, dass dieses rosa glänzenden Bergriesen „über den Wolken" herausragten und zu bewundern sind! Es gilt also, seinen Blick zu erheben!

„Ist es nicht auch so in manchen Problemen des Lebens? Man muss den Blick erheben anstatt vor sich hinzustarren, bis man die wahre Realität wieder sieht! Dies gilt auch für uns beide!", meine Katharina hoffnungsvoll.

„Wir müssen auch unseren Blick für die Zukunft erheben und hier grosse Pläne schmieden. Man kann zwar die Vergangenheit nicht auslöschen, und ein Schuldgefühl bleibt wohl immer. Aber aus offenen Wunden werden Narben. Diese merkt man mit der Zeit nur noch bei schlechtem Wetter!"

„Vielen Dank, meine Liebe, für diese Aufmunterung. Wenn wir dies gemeinsam anpacken, so glaube ich, finden wir die Kraft für einen neuen Lebensabschnitt!"

Diese Kraft brauchten sie beide. Denn man kann nicht ewig die tief verschneiten Bergriesen anschauen, im rustikalen Hotel sich die Zeit um die Ohren schlagen, dem Gewimmel in den Strassen von Kathmandu und dem bunten Treiben zusehen sowie die vielen Tempel, Pagoden, Götter und Götzen bestaunen und studieren. Irgendwann wir es den Westlern einfach langweilig.

Selbstverständlich gibt es noch Dutzende von Möglichkeiten und Aktivitäten, auch in Nepal. Zum Beispiel spektakuläre Hubschrauberrundflüge entlang der Achttausender. Solche wurden vor Jahren auch dem Autor dieses Buches mal angeboten. Nachdem er aber vernahm, dass manche nie mehr zurückkehrten und folglich abgestürzt sein mussten (schlechte Wartung der Maschinen? Schlecht ausgebildete Piloten? Unkalkulierbare Fallwinde? Unverantwortliche Kapriolen in solchen Höhen? Wer weiss es?), so würde er solche Experimente Michael und Katharina abraten. So lebensmüde waren sie doch trotz aller Erlebnisse doch nicht!

Bis „Gras über die Vergangenheit gewachsen ist", vergeht schon noch einige Zeit. Also wohin? Zurück in die Höhle des Löwen? Zurück an den schönen Genfersee? Sicher nicht direkt nach Genf! Aber an irgendeinen Ort im Kanton Waadt? In der Schweiz ist ja nach wie vor jeder Kanton ein kleiner Staat für sich! Natürlich gibt es Kooperationen zwischen diesen „Staaten", wie im Polizeiwesen und vielem anderen mehr. Aber man wollte sich doch eine allzu grosse Einmischung vom Leibe halten und die vielgepriesene Eigenständigkeit und Souveränität erhalten.

Nur, die heute nahezu totale Überwachung machte für Michael und Katharina selbst in Nepal nicht Halt! Die wenige Mal benütze E-Mail-Möglichkeit in ihrem Hotel wurde von irgendwoher abgefangen und ausgewertet. Vermutlich war irgendein „Reizwort" nicht durch die Raster einer Geheimdienstorganisation gefallen. Jedenfalls wusste Europol via Interpol nach einiger Zeit, wo sich die Gesuchten aufhielten.

Für Sicherheits- oder Geheimdienste ist zwar Nepal kaum von strategischer und militärischer Bedeutung. Aber totale Überwachung ist doch wichtig. Sonst versucht nur die eine oder andere Macht, indirekt oder direkt die Kontrolle zu übernehmen. Einen solchen Image-Verlust kann man doch nicht hinnehmen! Wer weiss denn, ob sich morgen schon Unwichtiges als sehr wichtig entpuppt.

Natürlich kostet das den Steuerzahler Hunderte von Millionen mehr. Aber es dient doch zuletzt nur der Sicherheit des Vaterlandes, oder etwa nicht?

Etwas Weiteres kam noch dazu oder dazwischen bei Michael und Katharina. Sie vergassen einfach auf dieser Höhe über Meer, in ihren Sorgen in einer fremden Welt, vor lauter Plänen für die Zukunft, die Verhütungsmittel. Diese waren inzwischen auch ausgegangen und wohl nicht an jeder Ecke in Kathmandu erhältlich.

Katharina musste sich seit Kurzem oft übergeben und hatte sofort darauf wieder Hunger. War es die fremde Kost? Aber in einem internationalen Haus findet man auch mehr oder weniger internationale Speisen! Oder war sie schwanger? Sie erzählte Michael noch nichts und wollte erst später einen Test machen. Denn wo findet man hier einen versierten Frauenarzt, der sich mit solchen Dingen abgibt?

Ohne zu wissen, dass sie auch hier aufgestöbert wurden, konnten die beiden gerade noch zur rechten Zeit flüchten! Wie erwähnt: Die Kontrollen am Flughafen selbst waren noch nicht so rigoros und umfassend. Wer will denn waghalsige, verrückte Bergsteiger näher kontrollieren?

25

Zu Hause, im alten Europa, wurden sie weiter gesucht, zwar nicht mehr intensiv, aber immerhin noch viel mehr, als sie ahnten und ihnen lieb sein konnte. Auf dem Rückflug nach Frankfurt schmiedeten Michael und Katharina hundert Pläne und verwarfen diese wieder. Trotzdem wollten sie dort nur kurze Station machen, denn sie waren ziemlich sicher, beim Hinflug nach Nepal auch dort Spuren hinterlassen zu haben.

Sie hatten sich in Genf bei ihrem hastigen Aufbruch nicht persönlich bei den verschiedenen Amtsstellen abgemeldet, sondern durch Bevollmächtigung eines Anwalts mitteilen lassen, sie seien auf unbestimmte Zeit zu einer grösseren Reise aufgebrochen.

Die Bankaufträge liefen weiter und die wichtigsten Rechnungen wurden so beglichen. Aber da war diese verfluchte schweizerische Bürokratie und durchorganisierte Ordnungsliebe. Verschiedenste Amtsstellen wollten dies und das wissen. Wie heisst doch ein altes Wort? „Von der Wiege bis zur Bahre schreibt der Schweizer Formulare!" Ausserdem lagen ganze Stapel Briefe postlagernd herum.

Und da war ja auch die Anfrage von Europol noch anhängig. Vom Militärdienst war Michael befreit. In Genf sind zwar wenigstens Kirche und Staat getrennt, sonst könnte man vielleicht auch dort nachforschen. Aber da waren noch nähere und fernere Verwandte, Bekannte, frühere Arbeitgeber. Es gibt einfach zu viele Möglichkeiten und Zufälle, zu viele Anhaltspunkte und zu viele Überwachungsmöglichkeiten in unserer modernen Welt!

„Sollen wir uns eine neue Identität zulegen", fragten sie sich. „Zu kompliziert, zu teuer, zu langwierig. Und dadurch werden wir vielleicht in gewissen Kreisen erneut erpressbar.
Doch mit falschen Pässen wieder in die Schweiz einreisen? Und dort nach langen Jahren als Ausländer mit eventueller Niederlassungsbewilligung leben. Heute bei der ‚Schwemme' von Zuwanderern aus dem EU-Raum ist dies bald nur noch mit einem gültigen Arbeitsvertrag möglich. Frankreich, Spanien, selbst Österreich und Deutschland sind ein zu heisses Pflaster. Und die weite Welt kann uns jetzt vorläufig mal gestohlen bleiben!"

„Also: Wir sind einfach frech und unverfroren! Ab zum schönen Lac Léman. Nötigenfalls können wir uns mit einem gerissenen Anwalt aus der Affäre ziehen. Dort residieren mehr oder weniger illegal noch ganz andere Kaliber! Aber eben, ‚Andere'!"

„Überlegen wir uns einen schönen Ort in der Waadt. Nicht zu gross und nicht zu klein. Aigle? Nyon, Rolle?", schlug Michael vor.

„Nein, Montreux", erwiderte Katharina, Nicht allzu gross, auch nicht zu klein. Herrliche Landschaft, die schon englische Touristen vor über 150 Jahren anzog, international, absolut nicht provinzial, so dass wir uns dort sicher eine Zeit ungestört niederlassen können. Übrigens kenne ich dort einen Spitzenanwalt von früher!"

„Gut?"

„Wie meinst du gut?"

„Sehr gut fachlich oder auch persönlich?"

„Du, hör mal, du bist auch kein unbeschriebenes Blatt auf solchen Gebieten. Beruhige dich, es war rein fachlich! Aber deine Eifersucht ehrt mich!"

„Lügst du nicht?"

„Ich lüge nur, wenn du dies nicht merkst! Und das sind dann kleine Notlügen!", lächelte sie ihn an.

„Aber jetzt haben wir wirklich andere Probleme zu lösen, als in unserer Vergangenheit herumzustochern. Diese erzählen wir uns und unseren Enkelkindern dann mal, wenn wir alt geworden sind!"

26

Sie reisten von Zürich mit der Bahn nach Montreux. Früher ging der launige Spruch um: „Wenn die Deutschschweizer mit der Eisenbahn den letzten Tunnel durchquert haben und sich ihnen das grandiose Panorama des Genfersees auftut, so werfen einige das Rückreisebillett zum Fenster hinaus!"

Heute in den meist vollklimatisierten Zügen geht das nicht mehr. Aber eine Bewunderung für diese Landschaft prägt sich auch jetzt noch manchem ein. Leider wird aber auch hier viel zu viel verbaut. Wo nicht?

Es gab viel Papierkram zu erledigen. Eine Wohnung wurde wie durch ein kleines Wunder recht bald gefunden. Aber das andere Wunder war der Mietpreis. Zum Glück fand Katherina bald wieder eine Anstellung bei der UNO, nicht zuletzt wegen ihrer früheren Vertrauensstellung und wegen ihrer Sprachkenntnisse. Diese Organisation wächst und wächst und bewirkt doch oft so wenig! Aber was wäre, wenn es nichts dergleichen gäbe?

Sie war sich jetzt sicher, schwanger zu sein. Sogar Michael bemerkte dies. Sie assen mit grossem Appetit wieder mal eine Waadtländer Spezialität, eine Saucisson auf Lauchgemüse, äusserst beliebt als gut bürgerliche Mahlzeit in rustikalen Restaurants. Für noblere Häuser und solche, die sich gerne dafür halten, erntet man bei Nachfrage nach diesem Gericht leider nur ein Nasenrümpfen.

Kaum gegessen und mit einem fruchtig-spritzigen Weisswein vom Genfersee genossen, musste sich Katherina übergeben. „Bitte geh zum Arzt", meinte Michael, zuerst erschrocken und dann doch freudig erregt. „Wenn du schwanger bist, so ist dies nicht die günstigste Zeit! Aber wann ist dies schon! Jedenfalls, ich würde mich freuen und werde ein stolzer Vater werden!"

Die Polizei kam doch, aber längst nicht so schnell, wie befürchtet. Das ausgeklügelte föderalistische System der Schweiz, die Oberhoheit der Kantone, die verschiedenen Polizeicorps in Kantonen, Städten und Gemeinden, die sich oft nicht „grün" sind, das braucht alles seine Zeit.

Das Volk als Souverän, das über alles und jedes das Referendum ergreifen kann, damit nirgendwo eine Machtfülle sondergleichen entsteht, die verschiedensten sprachlichen Gebiete, Minoritäten, kulturellen Unterschiede, die berücksichtigt werden, machen

Abläufe langsam und manchmal langweilig. Es gibt dabei aber weniger unkontrollierte Schnellschüsse.

Dazu passt vielleicht ein Wort, das ein Schweizer Magistrat mal spasshaft sagte: „Die Schweizer stehen am Morgen relativ früh auf, aber sie erwachen relativ spät!" Sicher, dies hat schon geschadet, aber oft auch schon viel genützt!

Die Polizeistellen pochten zwar auf vielen Indizien herum, hatten faktisch aber keine schlüssigen Beweise. Vor allem wurden damals die Leichen in Savoyen wohl viel zu schnell nach Valencia und Wien überführt und zur Bestattung frei gegeben. Vermutlich war auch die Spurensicherung zu schnell mit der Arbeit zu Ende. DNA-Analysen brachten jetzt nichts mehr, denn niemand bestand auf eine Exhumierung der Begrabenen. Und der tote Matador in Spanien?

„Die sollen doch endlich mit diesen mittelalterlichen blutigen Kämpfen und Tierquälereien aufhören", war die Meinung vieler Beamter rund um den Genfersee.

Die Sache schlief vielleicht doch ein und die Akten verstauben. Vielleicht? Hoffentlich! Denn heute „verstauben" Akten kaum mehr in riesigen Archiven. Heute ist alles gespeichert und per Mausklick wieder lebendig!

Hoffentlich drückt niemand irgendwo auf solche Knöpfe! Wie sagte man schon früher? „Wenn irgendwo endlich Gras über eine Sache gewachsen ist, so kommt doch sicher wieder so ein Kamel oder gar ein Elefant daher und zertrampelt das schöne zarte nachgewachsene Grün!"

27

Interessanter Weise sind etliche Fünfsterne-Häuser trotz der Weltwirtschaftskrise in Montreux immer noch einigermassen gut belegt. Gewiss gab die Direktion Stammgästen unter der Hand kulantere Preise. Man bot freundlicheren Service, persönliche Betreuung und vieles andere mehr. Vielleicht auch anstelle des sonst allgegenwärtigen „Cüpli", also eines Glases Champagner, trank man „nur" ein Glas Weisswein, der manchmal sogar besser schmeckt.

So fand Michael auch bald einen nicht schlecht bezahlten Job in einem alten und berühmten Palace, das sich mit Gästenamen der letzten über hundert Jahren rühmen konnte, die dort oft sehr lange residierten, was wohl auch manche Neider auf den Plan ruft. Als ehemaliger Banker war er im heutigen Preiskampf ein willkommener Mitarbeiter im Einkauf und Finanzsektor dieses Hauses.

Und der befürchtete Mausklick blieb auch aus.

Aber eine andere Überraschung sollte kommen! Und zwar wieder mal aus dem schönen Spanien! ‚Unsere' vergiftete Elvira Gonzáles hatte doch tatsächlich eine Schwester, die sich aber wegen deren Berufes vor Jahren entrüstet von ihr abgewandt hatte. Spanien ist ein grosses Land, und es gibt sehr abgelegene Gegenden.

Diese Schwester wohnte am Kap Finisterre, in Galizien, was übersetzt soviel heisst wie „Ende der Welt"! Das Dorf Fisterra mit seinen 5'000 Einwohnern kennt wohl kaum grössere Tageszeitungen, ausser vielleicht die ausländischen, die sie für Touristen importiert. Und im TV wird ein so uninteressanter Giftmord an einer Spanierin in irgendeiner Ecke Frankreichs auch nicht als Sensation vermarktet. Anna pflegte mit Elvira jahrelang absolut keinen Kontakt. Sie verabscheute den Lebensstil ihrer Schwester.

Aber jetzt kam von einem entsprechenden Amt in Valencia eine Anfrage an Anna, ob sie das Erbe ihrer verstorbenen Schwester annehmen wolle! Brüssels EU-Ordnungen und Verordnungen sowie deren ausgeprägte Bürokratie wirkten anscheinend bis hierher, an das frühere „Ende der Welt"!

Dieser Brief elektrisierte Anna, denn Geld braucht man immer, auch an abgelegenen Orten. Gott, wie ist die Welt teuer geworden. So reiste sie nach langer Zeit wieder einmal etwas weiter als bis nach La

Coruña, der nächstgelegenen Stadt, nämlich nach Valencia.

Als junge Witwe ihres Mannes, eines Fischers, der in einem der heftigen Stürme umgekommen war, völlig alleinstehend, hatte vielleicht doch Gott ihre Gebete erhört. Sie war fromm, lebte sie doch auch am Ende des berühmten Jakob-Pilgerweges. Diese Frömmigkeit, wohlverstanden keine Frömmlerei, war auch mit einer der Gründe der völligen Trennung zwischen den beiden sehr ungleichen Schwestern.

„Gott sei ihrer Seele gnädig", betete Anna im Stillen. Aber nicht ganz so still war ihre Neugierde, ob es da wohl wirklich was zu holen gibt!

Nun, viel gab es eigentlich nicht. Aber doch etwas Bargeld, ein kleines Konto auf einer Bank in Valencia und eine recht ansehnliche, ja, vielleicht zum Teil kostbare Wohnungseinrichtung. Für Anna ein Vermögen! Dort erfuhr sie auch Näheres über Elviras Leben und Ableben. Interessant, jetzt verdrängte Hass auf den oder die Mörder ihrer Schwester die Ablehnung des Lebensstils Elviras. Auch Anna ist im Grunde des Herzens eine stolze Spanierin!

„Soll ich einmal nach Genf reisen? Wo liegt dieser Ort genau? In Frankreich, Italien oder in der

Schweiz? Und was für eine Sprache wird dort gesprochen, damit ich durchkomme?"

Auf eine diesbezügliche Frage bei den Amtsstellen in Valencia erhielt sie eine etwas mitleidige Auskunft, die sie aber zum Glück so nicht bemerkte:

„Genf ist eine Stadt in Suiza. Man spricht dort Französisch, kennt aber auch viele andere Sprachen! Man kann sogar dorthin fliegen! Genf ist eine sogenannte UNO-Stadt!"

Zum Glück fragte Anna nicht auch noch, was denn die UNO sei!

„Gracias!"

„De nada!"

28

Anna sass zum ersten Mal in ihrem Leben in einem kleinen Flugzeug mit Kurs von La Coruña nach Madrid und durchstand Höllenängste. Die Maschine von Madrid nach Genf war zwar bedeutend grösser, auch etwas neuer und komfortabler. Aber manche für sie schaurige und mulmige Gefühle blieben ihr im Hals und im Kopf stecken. Sie verkrampfte sich total und schreckte bei jedem unbekannten Geräusch auf, denn praktisch jedes war für sie ungewohnt und neu!

Heute ist eine solche Reise für die meisten ein Katzensprung. Für Anna aber war es ein Weg wie zum Mond. Sie starb hundert Tode und verfluchte ihren Hass auf jemanden, den sie gar nicht kannte und wohl auch nie finden würde. Mit schwabbeligen Beinen betrat sie in Genf zum ersten Mal Schweizer Boden und dankte wiederum Gott, dass sie noch lebte.

Natürlich werden in Genf zur Not auch ein paar Brocken Spanisch gesprochen. Aber gerade dort nicht, wo Anna sich eine einfache Bleibe suchte.

Und auch nicht in den Auskunftsstellen der Stadt-
verwaltung. Sie musste lange warten, bis eine Übersetzerin auftauchte und sie mürrisch nach ihren
Wünschen fragte. Am liebsten wäre sie wieder ge-
gangen. Aber jetzt war sie einmal da, und sie fasste
sich ein Herz.

„Helena war meine *hermana amada,* und ich habe
ein Recht, alles zu erfahren, was hier und in der
Umgebung zu ihrem Tod geführt hat", meinte Anna,
nun wieder ganz gefasste und stolze Spanierin, innerlich aber doch noch unsicher. Die Übersetzerin
war nicht auf den Kopf gefallen und merkte deren
Verzagtheit. Darum gab sie nur das Nötigste preis.

Aber selbst diese wenigen Fragmente brachten Anna
auf die Spur nach Montreux. „Verflucht"!, dachte
sie, und entschuldige sich gleich für diesen Ausdruck „ganz oben", „aber dort sprechen die Leute ja
auch französisch! Was für ein kompliziertes kleines
Land ist doch Suiza!"

Anna Gonzáles sehnte sich bereits jetzt schon wieder
zurück nach dem beschaulichen Galizien. Sie musste
aber zugeben: Ginebra und auch Montreux, ja, die
ganze Gegend hier, sind wunderschön, weltoffen,
sauber, freundlich. Alles strotzt von einem gewissen
Wohlstand, wenn nicht sogar von Reichtum. Viele
Menschen strahlen hier nur so vor Lebensfreude.
„Trotzdem: Ich fühlte mich fremd, sehr fremd!"

Leitete sie aber doch ein Engel? Auf dem Einwohnermeldeamt in Montreux ergatterte sie doch tatsächlich die Wohnadresse eines gewissen Herrn Michael Ganter. Eine dortige Mitarbeiterin war Portugiesin. Auch wenn sich die Spanier und Portugiesen nicht immer so „grün" sind, verstanden sie sich hier in der Fremde wie Landsleute und konnten sich sprachlich ganz ordentlich unterhalten.

Noch am selben Abend klingelte Anna vor der Wohnungstür von Michael Gantner.

„Buenos tardes, Signor! Ich bin Anna Gonzáles, die Schwester von Elvira, die Sie auf dem Gewissen haben!"

Michael durchzuckte ein Schreck wie kaum zuvor im Leben. Er fluchte innerlich: „Hört denn diese Sauerei nie auf?"

„Ich wusste gar nicht, dass die Edelnutte des Mörders meiner Frau eine leibliche Schwester hat!", meinte Michael, und wollte Anna die Türe vor der Nase zuknallen.

„*Sie* sind der Mörder meiner Schwester" zischte Anna zurück. „Was meinen Sie mit Edelnutte?"

Diese Konversation, auch wenn sie in Spanisch geführt wurde, konnte nicht weiter im Flur fortgesetzt werden. Widerwillig liess Michael darum Anna eintreten.

Seine Frau Katherina machte dabei grosse Augen, besonders auch, als sie bemerkte, dass dieses „Land-ei" aus Galizien, diese Anna Gonzáles, in einer Art innerer Schönheit und Grazie ihrer ermordeten Schwester in nichts nachstand. Die anscheinende Unsicherheit, Demut, ja, sogar Frömmigkeit, die diese Spanierin ausstrahlte, machte diese nur noch gefährlicher und animalischer. Dies besonders wohl auch für einen Mann wie ihr Michael, der dieser Art „Weib" ja schon damals auf der Rambla in Barcelona in Sekundenschnelle verfallen war.

Sie wollte äusserst misstrauisch die Augen offen halten. Misstrauisch war sie ja eigentlich schon seit einiger Zeit, ohne genau zu wissen warum! Irgendwie hatte sie sich verändert.

29

Michael und Katharina bemerkten aber bald einmal, dass Anna auf ihre Schwester gar nicht gut zu sprechen war und deren Lebensstil tief verabscheute. Selbst schon junge Witwe, kinderlos, die Eltern verstorben, keine weitere Verwandtschaft und wohl auch keine Freundschaft, war sie wohl ziemlich einsam und allein, fast introvertiert. Dazu erschien sie wirklich fromm und gläubig.

„Wirklich echt?", fragten sich die beiden.

„Nun, das wird sich zeigen. Irgendwie muss Anna nun doch ‚Blut geleckt' haben, nicht im wörtlichen, sondern im materiellen Sinn. Es kann sich also hier eher um eine Erpressung handeln! Aber wird eine solche nicht endlos?", diskutierten Michael und Katharina in der Küche weiter, in der sie für den ungebetenen Gast einen Drink zubereiteten.

Wieder Fragen über Fragen und Probleme über Probleme. Dies alles ausgerechnet jetzt, in der Katharina eine wirklich schwere Schwangerschaft mit körperlichen und auch psychischen Belastungen durchstehen musste.

Nach gegenseitigem vorsichtigen Abtasten kam das oft stockende Gespräch soweit, dass Michael Anna säuerlich freundlich fragte: „Haben Sie schon gegessen? Sie müssen hungrig sein! Wo haben Sie eine Unterkunft gefunden?"

„Hungrig bin ich sehr, und ich habe noch keine Übernachtungsmöglichkeit gefunden", meinte Anna, etwas beschämt.

Katharina, wirklich in immer schlechterer Verfassung und mit flatternden Nerven, flüsterte ihrem Mann wütend zu: „Willst du diese gefährliche Mitwisserin auch noch füttern oder gar bei uns schlafen lassen? Ja, ich sehe schon, du hast einfach eine besondere Schwäche für spanische Weiber! Selbst diese fromme Dame hat eine besondere sexuelle Ausstrahlung, die dich anmacht!"

„Bitte, sei nicht dumm!", erwiderte Michael, nun auch wirklich zornig geworden. „Ich will doch nur das Beste aus dem Schlamassel herausholen. Machen wir sie endgültig zur Feindin, so geht der teuflische Tanz von neuem los!"

„Ja, du würdest mit ihr gewiss am liebsten einen feurigen Bolero, Flamenco oder Tango Andaluz hinlegen!", zischte Katharina zurück.

„Also das ist mir wirklich zu blöd! Du siehst doch, sie ist eine völlig andere und sehr fromme Frau!"

„Das sind oft die Schlimmsten!"

„Gut, fertig mit der Diskussion. Ich bringe Anna in eine kleine Pension und bezahle ihr dort einen kleinen Imbiss. Morgen sprechen wir weiter!"

„Hoffentlich bist du bis morgen wieder zurück! Ob ich dann noch weiter spreche, wird sich zeigen!"

Zum Glück verstand Anna diesen hitzigen Wortwechsel, zum Teil in Französisch und dann auch in Schweizer Mundart geführt, nicht. Vielleicht hätte sie sich darob gefreut, denn wie erwähnt: Sie hatte „Blut geleckt", und sie sah hier ganz neue Möglichkeiten!

30

Die weit verzweigten Operationen von Al-Qaida im Dienst des „Heiligen Dschihad" braucht Geld und nochmals Geld für immer mehr und bessere Hightech-Waffen, um die Ungläubigen endlich zu schlagen. Sie braucht natürlich auch stets neues „Menschenmaterial", aber das ist das kleinere Problem. Für jeden getöteten Märtyrer wachsen wie beim abgeschlagenen Kopf einer Hydra zehn neue hervor. Verblendet durch Hassprediger oder wirklich überzeugt von ihrer Mission? Wer weiss es; alles ist möglich!

Die somalischen Piraten geben ein Beispiel, wie man selbst heute durch Kapern von Frachtschiffen zu Hunderten von Millionen Dollar kommen kann. Natürlich zahlt offiziell keine Regierung. Diese sind prinzipiell nicht erpressbar. Aber es wird doch bezahlt, durch geheime Kanäle.

Nun plante ein gerissenes Team, den sensationellen Katamaran „Alinghi 5", der auf dem Genfersee getestet wurde, zu stehlen, zu verstecken und Lösegeld zu verlangen. Auch Teile dieses Traumschiffes in die Hand zu kriegen, würde schon genügen. Die „Alinghi" gewann 2003 den 31. Amerca's Cup in Auckland gegen das Team New Zealand. Damit kehrten die Trophäe und der Ruhm seit 1851 wieder nach Europa zurück, und dies ausgerechnet in ein Binnenland, die Schweiz!

Die Sensation war perfekt, als die „Alinghi" auch 2007 in Valencia siegte. Der 33. Cup stand nun bevor, und das grossartige neue Schiff befand sich im Testlauf. Da ist doch wohl jeder Betrag zu erpressen! Und die Tests fanden in diesen Tagen auf der Schweizer Seite des Genfersees statt.

Die Fremdenpolizei in der Schweiz suchte nach einem Hinweis durch den französischen Auslandsgeheimdienst nach etlichen mutmasslichen Al-Qaida-Mitgliedern, Männer und Frauen, die sich vermutlich vorübergehend hier auf der Schweizer Seite des Genfersees, also auch in Montreux, niedergelassen haben könnten.

Jemand hatte sich irgendwo diese Information gut bezahlen lassen; vielleicht ein Al-Qaida-Mitglied selbst, das dem Heiligen Krieg abgeschworen hatte und viel lieber das süsse Leben geniessen wollte. Gnade Gott, wenn ein solcher Verräter gefunden würde! Da kämen gewiss mittelalterlichen Foltermethoden zur Anwendung!

So wurden also wieder einmal alle *(alle?)* Meldezettel der vielen Unterkünfte kontrolliert. Wo suchen? In den Nobelherbergen, in den Kaschemmen? In Mittelklassehäusern? Vielleicht auch bei Privaten? Es ist wie immer die berühmte Suche nach der Stecknadel im Heuhaufen. Aber Pflicht ist Pflicht, und so machten sich einige Beamte in Montreux mürrisch und halbherzig auf die Pirsch.

Diese trafen doch tatsächlich Michael und Anna in einer Pizzeria in einem etwas abgelegenen Teil des sonst mondänen Ortes, als sie missmutig die Gäste kontrollierten.

Michael, einerseits durch richtiggehenden Zärtlichkeitsentzug von Seiten Katharinas in einer eigenartigen Stimmung gegenüber seiner Begleiterin, Anna, in einer ihr fremden Welt, irgendwie beschützt durch die warmen spanischen Worte aus seinem Mund, kamen sich näher und näher. Eigentlich viel zu nahe, auch körperlich!

Genau in diesen magischen Momenten polterten die Beamten durch die etwas schmuddelige Kneipe und verlangten von allen Ausländern die Ausweispapiere!

Der Betreiber der Pizzeria bemerkte erleichtert, dass diese kleine Razzia nicht von der Sittenpolizei und auch nicht von der Gewerbeaufsicht und der Lebensmittelkontrolle veranstaltet wurde. Dies hätte ihn vielleicht doch in Schwierigkeiten gebracht. Kriminelle Dinge hingegen kümmerten ihn nicht. „Wer kommt und bezahlt, ist bei mir immer willkommen!", war seine Devise.

Ein Mann mit vermutlich arabischem Einschlag, aber absolut mitteleuropäisch gekleidet, blickte mit getrübten und wässerigen Augen um sich, so als habe er schon einige Drinks intus. Beim Eintreten der Beamten aber blitzten seine Augen unauffällig einen Augenblick wachsam auf. Er telefonierte kurz mit einem wohl abhörsicheren Handy und versuchte dann zu verschwinden. Aber einer der Leute hielt ihn unsanft am Ärmel und meinte: „Ausweis!"

„Please, Sir", meinte der Dunkelhäutige, etwas zu herablassend. „Mein Name ist Omar Ben Jusuf, seit über zehn Jahren britischer Staatsangehöriger. Hier mein Pass! Ich bin ein paar Tage im Urlaub in Ihrem schönen Land!"

„Und wo haben Sie sich aufgehalten, bevor Sie die britische Staatsbürgerschaft erhielten?", wagte der Beamte zu fragen, diesmal in akzentfreiem Englisch.

„Im Irak, Sir! Dort musste ich flüchten vor Sadams Mörderbanden!"

„Tut mir leid!" Aber am Tonfall war zu verstehen, dass es dem Schweizer Polizisten eher leid tat, dass ihm die Flucht gelungen war.

In Französisch meinte der Geheimdienstler zu seinem Kollegen: „Wir können den Kerl natürlich mitnehmen und überprüfen. Aber wenn nichts an der Sache ist, kriegen wir Stunk und Ärger. Wir wissen nicht, ob das ein sogenannter ‚Schläfer' ist, der nun nach langer Wartezeit auf einen Einsatz wartet. Sollen wir ihn laufen lassen oder wenigstens sein Handy konfiszieren?"

„Der soll sich doch zum Teufel scheren!"

Jusuf gab mit keinem Wimperzucken zu verstehen, dass er nebst Englisch auch sehr gut Französisch sprach und meinte lakonisch: „I wish you a nice evening, Gentlemen!"

„Diese Dame hier ist meine Freundin aus Spanien. Bitte behelligen Sie sie nicht!", meinte Michael etwas frostig zu den Beamten, die nun zu ihm traten.

„Es ist einfach zum Davonlaufen", meinten die beiden zueinander. „Jeder hat einen dummen Spruch auf Lager!" Und zu Michael gewandt: „Wir tun nur unsere Pflicht und müssen alle und alles überprüfen!"

Zum Glück hatte Anna sofort ihren Ausweis zur Hand und konnte nun auch seit kurzem ein Zimmer in einer einfachen Herberge als für sie reserviert angeben. So fiel sie auch durch die Liste möglicher Verdächtigen.

In diesem Augenblick klingelte das Michaels Handy. Er traute seinen Augen nicht, als er auf dem Display den Anruf sah. Katharina meinte ganz spitz und knapp:

„Kommst du jetzt nach Hause, oder soll ich weggehen? Mein Arzt rät mir sowieso, eine Auszeit zu nehmen und den Job zu kündigen! Er verordnet mir und dem werdenden Baby Höhenluft im Engadin! Wenn du in einer Stunde nicht zurück bist, reise ich mit unserem Wagen noch diese Nacht allein nach Pontresina!"

„Welch eine Glück", murmelte Michael. „Dank mordernster Technik stets und überall erreichbar!" Und zu Anna: „Ich muss sofort nach Hause. Es brennt!"

„Dios! In deiner Wohnung?"

„Nein, im Herzen meiner Frau!"

„Das ist noch viel schlimmer!"

Er merkte erst beim Hinausstürmen, dass Anna ihn mit einem vertraulichen Du angesprochen hatte! Und er spürte immer noch die Wärme ihrer Hand auf seinem Arm. Er fühlte diese sehr viel länger, als wirklich möglich war. Er fühlte diese Wärme in seinem Innersten und fürchtete sich dabei vor der Zukunft.

31

Ob Al-Qaida wirklich zuschlagen wollte am Genfersee? Und wenn doch, ob dies je aufgedeckt würde? Das kam nie ans Licht der Öffentlichkeit. Wenn ja, dann wollte man diesen Herrschaften nicht den Triumph geben, mit allen ihren Plänen die Leute zum Zittern zu bringen. Obschon dies für die Medien gerade im sogenannten „Sommerloch" ein wahres Fressen gewesen wäre.

Und wenn nein, wenn einfach mal wieder verschiedene Geheimdienste verrückt spielten und hypernervös waren? Nun, dann wollte man diesen Kerlen nicht extra noch neue Ideen und Möglichkeiten für künftige Anschläge liefern. Jedenfalls verlief alles Weitere im Sand.

Ganz anders aber bei Michael zu Hause!

Katharina lag wie ein gekrümmter Embryo weinend im Bett. Als Michael sie zärtlich berühren wollte, zuckte sie erschreckt zusammen.

„Lass von mir los; du riechst nach dieser Schlampe!", schrie sie wie von Sinnen.

„Bist du denn verrückt geworden", zuckte Michael nun wirklich erschrocken zurück.

„Das musst du dich fragen! Vielleicht hast du ja noch etwas Gift bei dir von unserer Aktion in Savoyen! Bei mir musst du es nicht verdünnen! Ich schlucke dies auch direkt, damit du mit deinem Flittchen unbeschwert in den sonnigen Süden ziehen kannst. Die spanischen Weiber haben es dir wirklich angetan!"

„Katharina, bitte lass uns vernünftig sein! Morgen sieht die Welt wieder anders aus, und wir werden in Ruhe über alles reden."

„Wenn ich morgen noch lebe, so reise ich nach Pontresina. Zuvor werfe ich mein Handy und meinen Laptop in den See, damit ich ungestört bin!"

„So nicht! Mit mir nicht! Welcher Teufel ist denn in dich gefahren?", schrie Michael wütend und flüchtete ins Wohnzimmer. In seinen Ohren und in seinem Innern aber hörte er immer noch das ungestüme Weinen seiner Katharina.

„Sie muss schlechten Bericht haben von ihrem Arzt. Vielleicht ist sie in eine tiefe Depression gefallen! Warum nur kann sie nicht offen mit mir darüber sprechen? Ich muss morgen dringend mit ihrem Arzt sprechen!"

Die Nacht war für beide scheusslich und endlos!

Zweites Buch

1

Die Fahrt mit dem Auto von Montreux am Genfersee bis nach Pontresina im höchsten Tal des Engadins erstaunt eigentlich für die kleine Schweiz. Immerhin reist man gegen 500 Kilometer und benötigt je nach Verkehrsaufkommen bis zu sechs Stunden. Überträgt man diese Distanz und diese Zeit zum Beispiel auf ein eigentliches Flachland, so könnte man zum Beispiel von Basel nach Köln reisen.

Bei schönem Wetter und guter Stimmung ist die Fahrt auch sehr abwechslungsreich und bietet eine Vielfalt sondergleichen, trotzdem durch moderne Autobahnen natürlich manche verborgenen landschaftlichen Reize fürs Auge verloren gehen.

Würzig duftende Arven- und Lärchenwälder umgeben den Engadiner Höhenkurort Pontresina im höchsten Seitental auf 1820 Metern über Meer, nur sieben Kilometer vom weltbekannten St. Moritz entfernt.

Fährt man von dort weiter Richtung Berninapass, ergötzt sich der Reisende am grossartigen Panorama des Morteratsch-Gletschers und an den Bergriesen Piz Palü und Piz Bernina. Auf der Passhöhe grüssen die beiden Bergseen Lago Nero und Lago Bianco wie verwunschene Bilder aus einer Märchenwelt und zeigen mit ihren Namen, dass man sich bereits wieder in eine andere Sprachregion begibt. Aber soweit kamen Michael und Katharina leider gar nicht.

Meist spulten sie schweigend Kilometer um Kilometer ab. Hin und wieder blickte Katherina zu Michael wie ein scheues und verwundetes Reh. Er erklärte ihr dies und jenes während der Fahrt, und sie nickte nur müde und abwesend, als wenn sie unter Drogen stände.

„Wollen wir eine kleine Pause einschalten und in einem gemütlichen Gasthaus einen Imbiss zu uns nehmen?", meinte er sanft.

„Wie du willst!"

Ohne Appetit verdrückten sie ein trockenes Sandwich und begossen dies lustlos mit einem Schluck lauwarmem Mineralwasser. Alles Scheussliche passte heute einfach zusammen.

Nach der Stadt Chur schraubten sie sich allmählich hinauf in Richtung der idyllischen Lenzerheide. Von dort aus sollte es über den Julierpass hinüber ins Engadin nicht mehr allzu weit sein.

Plötzlich schoss ein grosser Offrouder auf sie zu wie ein kleiner Panzerwagen und rammte sie brutal in einer bösen und engen Kurve. Irgendetwas explodierte in Michaels Kopf. Oder war es sogar ihr Wagen? Sie fielen und fielen. Der Wagen überschlug sich und fing sogar nach kurzer Zeit Feuer. Mit dem durch Mark und Bein gehenden Kreischen des Metalls und gleich hernach einem aufheulenden starken Motorengeräusch in seinen schwindenden Sinnen wurde es Nacht um Michael. Er wurde aus dem Wagen geschleudert, aber das bekam er gar nicht mehr mit.

2

Für viele ist die UNO einfach zu einer „Schwatzbude" verkommen, in der viel geschwafelt
und nichts geliefert wird. Dies allerdings stimmt so nicht! Manches konnte trotz allem erreicht oder dann auch verhindert werden. Solange man noch redet, bestehen auch immer noch gewisse Chancen und Hoffnung.

Querulanten und Ignoranten, Ditatoren und Psychopathen gibt es immer und überall. Aber wo wäre unsere Welt ohne diese Institution?

Nun gibt es natürlich auch unzählige Wissbegierige, die bewusst Schaden anrichten wollen und alles und jedes ausspionieren! Wie viele UNO-Blauhelme sind wo im Einsatz? Was ist überall der genaue Auftrag der UNO-Truppen? Ist eine Vernetzung mit der NATO da? Wie lauten die detaillierten Pläne ziviler und militärischer Operationen? Wo stehen effektive Angriffstruppen und in welcher Stärke? Wo sind Schwachstellen? Wie verhält es sich mit den Nachschublinien für humanitäre Aktionen, aber auch für

Waffen, Munition, sauberes Wasser und Nahrungs-
mitteln?

Auf hundert Fragen lauern Hunderte von Agenten in
irgendeinem Namen und Auftrag. Man will sich
vieler Dinge selbst „bedienen", um natürlich der
eigenen und höheren Sache zu dienen! Weiss Gott
und Allah, man würde sich wundern, wenn dies alles
transparent wäre, was da hinter den Kulissen ge-
spielt wird!

3

Michael erwachte aus einer langen Dunkelheit mit fürchterlichen Kopfschmerzen und blinzelte in ein kaltes Licht.

„Wo bin ich?", würgte er mit trockener und lederner Zunge hervor.

„In Sicherheit. Schlafen Sie weiter", meinte eine vermeindliche Pflegerin in einem etwas schäbigen weissen Kittel und mit giftigen Augen. „Übrigens: Schöne Grüsse von einem gewissen Andreas Holzkofler, Journalist aus Wien, den Sie auf dem Gewissen haben!"

Michael war im Moment viel zu verwirrt, um diesen Schock richtig aufzunehmen. Immerhin aber kroch ihm ein Schauer über den Rücken. „Bin ich in der Hölle angekommen? Begegnen mir hier die Geister wie in Dantes Inferno?"

Innerlich frierend und gleich darauf wieder schwitzend schlief er wieder ein.

Wien ist immer noch, auch nach dem Kalten Krieg, ein bedeutendes Karussell verschiedener konkurrierender und sich bekämpfender Geheimdienste. Viele Infrastrukturen von früher aus der Zeit des Eisernen Vorhangs sind noch nahezu intakt oder wurden sogar modernisiert. Die UNO, die OPEC, der nahe Balkan, Osteuropa, der unruhige Kaukasus, dies alles sind Objekte vielseitigen Interesses.

Holzkoflers Sissi-Geschichte damals in Genf musste wohl doch nicht nur eine Spinnerei eines verkrachten Journalisten gewesen sein. Vielleicht eine gewollt etwas idiotische Tarnung? Auf der Linie Wien-Genf-New York liegen ja die Schwerpunkte der UNO! Natürlich regieren die Finanzriesen die Wirtschaft und die Welt. Aber die politischen und strategischen Operationen werden doch immer noch von den Ideologien anderer Mächte bestimmt, in deren Auftrag manche Geheimoperationen laufen.

Dass dabei Fundamentalisten und Terroristen immer wieder die Muskeln spielen lassen, belebt nur das Geschäft und erhöht das Budget für Gegenaktionen der Regierungen.

Michael wurde allmählich klar gemacht, dass er bei einem tragischen Autounfall bei der Fahrt nach der Lenzerheide seine Frau verloren habe. Diese sei sogar im dritten Monat schwanger gewesen. Er selbst, aus dem Wagen geschleudert, wurde gerettet – aber gleich darauf entführt!

Wie? Dies sollte sich später herausstellen. Jetzt lag er in irgendeiner etwas abgehalfterten Privatklinik in der Nähe von Wien und musste auf weitere „Anweisungen von oben" warten.

4

Es gab und gibt auf dieser Welt viele Hexenkessel und Unruheherde. Einer seit der Antike Herausragender und Besonderer ist aber doch sicher der Kaukasus!

Das über 1000 Kilometer verlaufende Hochgebirge in Eurasien zwischen dem Schwarzen und Kaspischen Meer kennt eine Geschichte, ein Kommen und Gehen der Eroberer und Völker, wie es einmaliger, grausamer und tragischer kaum sein kann!

Im Kaukasus leben auch heute noch etwa fünfzig verschiedene Völker. Damit ist eine stete Auseinandersetzung, auch zwischen den Religionen, vorprogrammiert.

Die Geschichte dieser Region aufzuzeigen, sprengt jeglichen Rahmen. Das Gebiet war stets wieder Schauplatz und Spielball der jeweiligen Grossmächte. Schon in der Antike zwischen Persern und Steppenvölkern.

Im siebenten Jahrhundert „beglückten" die Araber diese zerklüfteten Gebiete, später die Osmanen. Schliesslich gab es eine ganze Reihe blutiger Kriege, in denen Russland und das osmanische Reich sich „austobten". Einer der vielen grausamen Höhepunkte waren wohl die Krimkriege, in denen sich Russen, Türken, Franzosen und Briten abschlachteten.

Im Namen Gottes, im Namen des Zaren und des Heiligen Russlands auf der einen Seite, und im Namen Allahs, im Namen des Propheten und im Namen des Paschas gegen die Ungläubigen auf der anderen Seite, schlachteten sie sich ab. Zuerst mit Gebrüll der Begeisterung für die gerechte Sache und dann mit Stöhnen und Krepieren auf dem Schlachtfeld.

Henry Dunant, die Schlacht von Solferino und die daraus resultierenden Genfer Konventionen sowie der humanitäre Gedanke des Roten Kreuzes folgten erst einige Jahre später. Doch sogar im Krimkrieg wurden die ersten Gedanken und ersten Aktionen humanitärer Art lebendig. Es starben dort weit mehr Soldaten an unsachgemässer Wundbehandlung, an Seuchen und an Hunger als in den Schlachten selbst.

Immer wieder gibt es auch heute blutige Kriege und Aufstände gegen fremde Herrscher. Und solche „fremde Herrscher" sind für viele immer noch die Russen.

5

Also doch! Eine fundamentalistische Gruppe unter der Fahne „zur Befreiung Inguschetiens" ist am Werk. Eine kleine Republik mit gerade mal einer halben Million Menschen sucht einmal mehr einen Gottesstaat zu errichten. Was hat nur Gott mit allen solchen neuen Wunschstaaten zu tun?

Und wann kommt der Kaukasus endlich zur Ruhe? Wann kann man vom schönen und schneebedeckten Berg Elbrus einmal ruhig in eine friedliche Landschaft blicken?

Auf diesem grossartigen Massiv mit 5'642 Metern Höhe soll nach einer Sage die Arche Noah vor der endgültigen Landung auf dem Gebirge Ararat gestrandet sein. Darum galt der Elbrus wohl lange Zeit auch als Heiliger Berg, und seine Besteigung war tabu.

Nun sollten also UNO-Mitarbeiter, auch durch Holzkofler und Konsorten in Genf, „umgeschult und umgepolt" werden, damit ein unabhängiger Staat errichtet werden konnte. Verrückte Idee? Nun, solche gibt es jederzeit zuhauf! Unabhängig? Wohl alles andere als das! Unabhängig vielleicht von Moskau, dafür aber wieder total unterjocht von einer anderen Ideologie. Es ist doch immer das gleiche Spiel. Warum nur glauben die Massen daran? Und der wirkliche Glaube an eine gütig waltende Macht verliert sich dabei leider vollständig.

Diese Macht hat den Menschen den freien Willen gegeben. So steht es zumindest in den alten Schriften. Sie ist also nicht verantwortlich zu machen für alles Elend, das Menschen wieder Menschen zufügen, indem sie ihren Willen den Schwächeren aufzwingen.

Michael wurde beim näheren Überlegen, was alles mit ihm und seiner Katharina geschehen war, von einem Schock in den anderen getrieben.

„Wurde mein Wagen manipuliert? Stand Katharina vielleicht schon zuvor unter Drogen? An ihren eigenartigen und unerklärlichen Reaktionen muss ich dies annehmen! Aber um Himmels Willen wie bin ich vom Abgrund jener Kurve in Richtung Lenzerheide schliesslich hierher gekommen? Ich hörte doch noch halb im Dunkel, das mich umgab, das Wegrasen dieser schweren Maschine, die uns rammte!"

„Herr Gantner, hier gibt es etwas zu essen. Wenn Sie dies verweigern, werden wir Sie zwangsernähren. Aber das ist unangenehm, denn wir sind nicht zimperlich!", hörte er eine schnarrende Stimme mit einem etwas harten russisch-deutschen Akzent.

„Für jeden Bissen Essen, den ich hinunterdrücke, will ich Auskunft über alles, was geschah!", schrie er wütend diesem Schlangenblickweib zu, das er schon vor einer halben Ewigkeit gesehen hatte, ehe er wieder in eine Art Koma fiel.

„Alles wissen? Das brauchen Sie nicht! Nur das Wichtigste für Sie! Also: Was für Fragen?"

„Warum lebe ich noch, und warum ist meine schwangere Frau tot?"

„Weil diese den Aufprall nicht überlebte, Sie dagegen hinausgeschleudert und von unseren Leuten gerettet wurden!"

„Gerettet? Für wen und was?"

„Werden Sie schon noch erfahren!"

„Wie kam ich aber ohne polizeiliche Abklärungen des Unfalls nach Wien? Warum wurde keine ordentliche Untersuchung durchgeführt?"

„Weil wir dies zu verhindern wussten! Unsere Spezialisten transportierten sie weiter über den Julierpass ins Engadin. Beim Flugplatz Samedan stehen immer einige Learjets für besondere Leute bereit. Als Sie dort ankamen, war einer dieser Supervögel bereits startklar Richtung Flughafen Schwechat. Und von dort war es ein Katzensprung bis hierher in unsere Spezialklinik!"

„Was ist denn mit diesem verdammten Holzkofler? Der liegt doch schon längst auf dem Zentralfriedhof in Wien! Warum grüssen Sie mich von diesem Hund?"

„Weil dieser Hund eine Hündin hat, die noch mit Ihnen abrechnen möchte", drohte die eklige Stimme dieser ekligen Frau. „So, fertig gefragt für jetzt! Hier wird weiter gegessen!"

Gegessen? Es war eher ein Frass! Aber Michael musste zu Kräften kommen und darum drückte er das Undefinierbare widerwillig hinunter.

6

„Lumpenpack, bei mir seid ihr an der faschen Adresse", fluchte Michael, als er endlich in seinem Verliess wieder mal Stimmen hörte. Meine erste und zweite Frau waren Dolmetscherinnen bei der UNO in Genf. Mein Job war Banker und Finanzberater in einem Hotel! Was zum Teufel wollt ihr denn aus mir herausholen? Ich bin ein unbeschriebenes Blatt!"

„Auch nicht schlecht", meinte eine überraschend melodische Stimme mit eindeutigem Wiener Akzent. „Gestatten: Ich bin Erika Holzkofler, die Schwester von Andreas, den Sie auf den Wiener Zentralfriedhof befördert haben! Aber seien Sie vorsichtig: Ich bin zwar ab und zu humoristisch, aber auch sadistisch!"

„Ich habe nichts mit dem blöden Friedhof zu tun, den Sie da nennen!"

„Indirekt schon, mein Lieber! Um Andreas ist es nicht sehr schade. Zu dumm war seine Tarngeschichte mit unserer guten alten Sissi! Er hatte einfach nicht die innere Grösse für unsere geplanten Aktionen. Aber schade ist immerhin, dass er vielleicht umfangreiches Wissen mit ins Grab Nummer 11'463 mitgenommen hat!"

„Was soll dieser Zirkus? Was soll diese Grabnummer?"

„Wissen Sie, der Wiener Zentralfriedhof ist gross, sehr gross! Und alle Gräber müssen nummeriert sein. Dort hat es gegebenenfalls auch noch Platz für Sie nach zuvor vielleicht sehr unangenehmen Erlebnissen.

Als Schweizer müssen Sie doch die Geschichte kennen: ‚Was ist der Unterschied zwischen Zürich und dem Zentralfriedhof in Wien?' Kennen Sie nicht? Nun, Zürich ist zwar etwas grösser als der Zentralfriedhof von Wien, aber dort geht es viel lustiger zu und her als in Zürich! Hahaha!"

„Lustig wäre es, wenn Sie in der Hölle schmoren!"

„Ich sehe, Sie haben auch Humor! Das ist gut. Machen wir es uns also gemütlich!"

Erstaunt bemerkte nun Michael, dass diese Erika nicht etwa die Schlangenaugenfrau von vorher war, sondern eine recht hübsche etwa vierzigjährige Brünette. Allerdings mit etwas harten und verbitterten Zügen um den Mund.

„Also, Herr Gantner, Sie brauchen demnächst eine Hochgebirgsausrüstung, ein Atemgerät, Schneebrille und so weiter. Wir werden nämlich einen Ausflug in ein Basis-Camp beim schönen Elbrus im Kaukasus unternehmen. Eigentlich sind Sie sich ja von Nepal her ans Hochgebirge gewöhnt!"

„Woher weiss diese Furie, dass ich mit Katharina in Nepal war?", fragte sich Michael entsetzt. „Was wissen die noch alles?"

Als ob Erika Gedanken lesen könnte, meinte sie lächelnd: „Wir wissen so ziemlich alles, was für uns von Bedeutung ist!"

„Soviel ich weiss, liegt der Elbrus in Russland. Wie wollt ihr ungesehen dorthin kommen? Die Russen sind keine Dummköpfe! Es liegt gewiss nicht in deren Interesse, die Situation im Kaukasus noch anzuheizen!"

„Wir haben unsere Leute überall, auch in Moskau!", meinte Erika sichtlich stolz.

„Und Moskau schleust sich nicht bei euch ein? Täuscht euch nicht! Glaubt ihr wirklich im Ernst, dass deren Satelliten euch nicht aufstöbern?"

„Man kann die Fährte des Bären gut lesen!"

„Die der Schakale aber auch!"

7

Der „alte Streit", ob der Mont Blanc oder der Elbrus der höchste Berg Europas ist, wird wohl auch in den nächsten hundert Jahren nicht entschieden. Die Grenze zwischen Asien und Europa wurde vor langer Zeit festgelegt, ist aber nicht in Fels gemeisselt.

Schon vor, während und auch nach dem Zweiten Weltkrieg waren verschiedenste Basislager und Hütten auf 4000 Metern und höher als Ausgangspunkt zu den beiden Gipfeln des Elbrus angelegt worden. Es fanden dort sogar Scharmützel zwischen russischen und deutschen Soldaten statt, die strategisch überhaupt keine Bedeutung hatten. Hitler soll sogar mal getobt haben, als deutsche Soldaten die Kriegsflagge auf einem wie er meinte „unnützen Berg" gehisst hatten.

Auch heute befinden sich in jenen Höhen sogenannte Basis-Lager als Container-Hütten, die als Unterkunft für Bergsteiger oder vielleicht auch für andere Zwecke zur Verfügung stehen. Jeder der dort Anwesenden bereitet sich vor für den endgültigen Aufstieg. Er müsste sich auch der Gefahr von Schneeblindheit und Thrombosenbildung in dieser Höhe bewusst sein.

Ob dies der Haufen der Gotteskrieger wusste, die sich seit kurzer Zeit hier tummelten? Diese kamen doch hauptsächlich aus den Steppen und Wüsten Arabiens, um ihre Ideen eines Gottesstaates zu verwirklichen. Nun, vielleicht könnte gerade solch ein Umstand die ganzen Aktionen vereiteln!

Es war wirklich eigenartig, wie die weiss gekleideten Ameisen, so sahen die Menschlein im Schneefeld in ihren Spezialanzügen von oben aus, ungestört in Basislager klettern konnten, und dies, ohne von Spezialtruppen oder Satelliten ausgemacht zu werden. Es musste also doch irgendwo in Moskau einen tüchtigen „Maulwurf" geben!

Das dortige Waffenlager erstaunte sogar den Laien Michael. Aus allen Herren Ländern stapelten sich modernste lasergesteuerte Kurzstreckenraketen, panzerbrechende Granaten, haufenweise modernste Handfeuerwaffen, medizinische Geräte und Medikamente aller Art, Lebensmittelvorräte für eine schlagkräftige Truppe und so weiter. „Wo war der Basar, um dies alles zu beschaffen? Auf welchen Wegen kam das Material her? Also doch gekauft oder geklaut bei den Russen, bei UNO- oder NATO-Einheiten?", fragte sich Michael.

Niemand gab ihm eine Antwort. Vermutlich wussten auch von den bärtigen Gesellen nur ein paar Wenige Antwort auf solche Fragen.

Zudem warteten in Inguschetien an geheimem Ort moderne Kampfhubschrauber auf ihren Einsatz. Die Revolution, der heilige Dschihad, konnte also jederzeit beginnen!

„Irgendwo muss irgendwer sich hier dumm und dämlich verdienen!", dachte sich Michael, als er vom gleissenden Sonnenlicht im Schnee und Eis wieder einmal geblendet wurde.

„Eigentlich fehlen hier nur noch einige Kurz- oder Mittelstreckenraketen mit atomaren Sprengköpfen", meinte Michael. „Damit könnte man dann den dritten Weltkrieg provozieren oder sogar auslösen! Oh, ihr fanatischen Idioten und Wirrköpfe! Aber auf euch wartet ja nach dem Heldentod das Paradies mit vielen Jungfrauen und nie versiegenden Wasserbrunnen!"

Erika meinte nach vielen Einvernahmen und Gesprächen mit Michael etwas ernüchtert und auch lakonisch zu einigen ihrer Mitkämpfer: „Ich glaube, wir haben doch den falschen Mann gekapert! Michael weiss wenig bis nichts! Aber immerhin: Er ist ein interessanter Mann; ich meine dies im wörtlichen Sinn, als Mann!"

„Pass auf, Täubchen, dieser interessante Mann könnte dir das Herz brechen. Und daran würdest auch du zerbrechen!", brummte ein bärtiger Geselle mit riesigem Turban.

„Richtige Männer findest du doch nur hier bei unseresgleichen!"

„Die aber stinken und schwitzen! Zudem sind sie meist sehr dumm und demütigen vor allem die Frauen. Sie leben nur, um zu töten und getötet zu werden!" Dies dachte sich Erika aber zum Glück nur!

8

Offenbar wurden der oder die „Maulwürfe" doch gefunden! Vermutlich wurden aus diesen alle Detailinformationen nicht einfach mit Lügendetektoren und Wahrheitsserum herausgeholt. Die Genfer Konventionen gelten bekanntlich nur für Kriegsgefangene. Hier handelte es sich aber um Vaterlandsverräter oder Terroristen. Wie heisst es so schön? „Der Zweck *(ent)*heiligt die Mittel!

In Moskau gab es einen gewaltigen Anschiss von „oben" an die Zuständigen, als endlich Aufklärer, ob durch unbemannte Drohnen oder Satelliten blieb ein Geheimnis, ein gewisses auffälliges Treiben und Bewegungen im Elbrusgebirge meldeten.

„Wer hält denn ausgerechnet dort Aktivitäten für möglich", entschuldigte sich einer der Verantwortlichen. Strategisch blöder geht es nun doch wirklich nicht!"

„Unmögliches ist möglich", bellte der ranghöchste Offizier zurück. „Aber nur dank euch Idioten! In unserem Metier sollte man endlich gelernt haben, dass die beste Tarnung das Unmögliche und das nie Vermutete ist!"

„Habt ihr die Schmach, die der Sowjetunion 1987 zugefügt wurde vergessen, als die ganze Welt über uns lachte? Dieser achtzehnjährige Idiot Rust aus Deutschland landete mit seinem Sportflugzeug neben der Basilius-Kathedrale direkt auf dem Roten Platz in Moskau. Und das Verrückte: Unsere Luftabwehr hatte ihn bemerkt, sogar Kampfflugzeuge haben ihn begleitet, und niemand hat den Hund abgeschossen. Das glaubte uns nachher natürlich niemand im schadenfreudigen Westen. Man lächelte über unsere veraltete Überwachung und weiss der Teufel was alles. So etwas hätte es früher nie gegeben, aber schon damals vergifteten Gorbatschows ‚Glasnost' und ‚Perestrojka' die Hirne!"

„Verdammt noch mal, sollen denn die Amerikaner, die Briten, die Franzosen oder wegen mir die Israelis diese komischen Bergsteiger am Elbrus vor uns entdecken? Dann gibt es für uns nur zwei Varianten: Frühzeitiger Ruhestand oder eine Kugel in den Kopf. Sibirien hat heute nicht mehr soviel Kapazität wie früher für Versager!"

Was inzwischen die von einem neuen Gottesstaat Träumenden da oben auf über 4000 Metern über Meer aushielten, ging an die Grenze des Erträglichen, körperlich, psychisch und auch witterungsmässig gesehen. Es wehte nicht nur äusserlich ein rauer Wind. Hier gilt ein Menschenleben nichts, einfach nichts! Wer nicht bedingungslos pariert, wird liquidiert. Es ist einfach unglaublich, was ein Mensch aushalten kann, wenn er will, geschweige denn, wenn er muss!

Aber alle Opfer aller Art erwiesen sich als vergeblich!

Denn plötzlich und wie aus dem Nichts waren sie da, die Spezialeinheiten der russischen Armee. Es gab ein heftiges und kurzes Gefecht und ein Blutbad, das gewisse Schneeregionen des Elbrus rot färbte. Wie oft wohl schon in der Geschichte der Menschen?

Natürlich wurden Überlebende hernach eingehend „befragt".

Zum Entsetzen von Michael, der als „Bauernopfer" und wohl ziemlich harmloser Schweizer, vorübergehend schneeblind geworden und thrombosegefährdet, verhältnismässig glimpflich davon kam, war bei den „Befragten" auch Erika Holzkofler. Was genau mit ihr angestellt wurde, konnte er nur ahnen.

Aber die grausamen Vorstellungen und Ahnungen waren manchmal schlimmer als die Wirklichkeit.

Tage- und nächtelang hörte er ihr Schreien und Wimmern, selbst als dieses längst verstummt war.

Erika empfand nämlich mit der Zeit eine Art Zuneigung zu Michael. Das typische Täter-Opfer-Syndrom, bekannt geworden unter dem Begriff „Stockholm-Syndrom"? Sehr gut möglich, denn sie gestand ihm in ihren letzten Stunden ihres wohl doch armseligen Lebens eine gewisse Zuneigung, die sie nie zuvor für jemandem in ihrem verpfuschten Leben empfunden habe.

„*Ich* war eigentlich blind für die Realität. Und nun bist *du* schneeblind geworden. Welche Tragik. Ich hoffe sehr, dass sich bei dir dies wieder bessert. Bei mir allerdings ist alles aus! Aber trotzdem: Ich hätte mir kein anderes Leben gewünscht! Als langweiliges Weibchen in einer langweiligen Familie ein langweiliges Leben zu führen, das war mir doch zu banal.

Michael, schau, wie du da raus kommst! Ich habe alle relevanten Unterlagen über dich vernichtet und in deiner Akte vermerkt, dass du vermutlich ein totaler Missgriff unserer Organisation bist mit keinerlei Bedeutung für unsere Ideale und keinerlei Wissen über die UNO-Aktionen!"

„Verfluchte Ideale" flüsterte Michael. „Einen weiteren Gottesstaat unter der Fuchtel einiger Fanatiker!

Erika, du bist doch christlich erzogen worden! Wie konntest du dich für solche Ideologien hergeben?"

„Ich? Christlich erzogen? Ich musste mich selbst in der Gosse behaupten. Und dies im so friedlichen Österreich. Auch bei uns gibt es Abgründe, nicht nur auf dem Weg zur Lenzerheide, aus dem wir dich herausgegriffen haben. Sag mir: Wo ist dein Gott?"

„Überall, im Universum, in jeder Blume, in jedem Kunstwerk, in dir selbst!"

„Hab ihn bis heute nicht gefunden. Bitte hilf mir beim Suchen! Wir sind hier im Elbrus-Gebirge! Weißt du, was ich mal gehört habe? Glaube in unserer Zeit ist Schnee von gestern!"

„Weißt du, Erika, was Schnee von gestern ist? Das Wasser von morgen! Und Wasser bedeutet Leben!"

„Das war die einzige Kurzpredigt, die ich je gehört habe; und sie hat eine gewisse Logik! Sollte es nach dem Tod wirklich weitergehen, so nehme ich dies mit!" Mit diesen letzten schwachen Worten war es mit ihr zu Ende.

„Also auch hier wieder lediglich ein Bauernopfer" seufzte Michael. Und er glaubte, ganz im Stillen ein lautloses Gebet ohne Worte für sie zu stammeln.

9

Das Blutbad am Elbrus war logischerweise nur der Auftakt! Die Welle der Gewalt und der Abrechnung ging in der Provinz Inguschetien weiter. Die Todesengel machten reiche Ernte. Kinder, Frauen, Männer flüchteten sich in die Moscheen, um zu beten und sich zu schützen vor den gegenseitigen Angriffen der Regierungstruppen und der Rebellen.

Selbst dort wurden viele verwundet, zerfetzt, getötet. Auch die heiligen Stätten boten keinen Schutz. Die Saat für neuen Hass wurde gesät. Und sie wird eines Tages aufgehen! Dutzendfach, Hundertfach!

Natürlich geschieht dies alles nur, um die Einwohner und Bürger dieses Gebietes vor Terror zu schützen. Dass dabei wieder einmal mehr blutjunge Soldaten aus anderen Teilen des Riesesreiches ihr Leben liessen, und gar nicht wussten, wozu und warum, dass dabei wieder einmal mehr junge Frauen und Mütter selbst in Moskau schreiend und weinend demonstrierten, ja, was kann man dagegen tun? Das Vaterland geht vor. Und dafür sein Leben zu lassen, müsste für echte Patrioten sogar eine Ehre sein.

Aber selbst die schönste Landesflagge auf dem Sarg, vielleicht sogar ein Ruhmesorden, eine feierliche Musik und eine feierliche Handlung eines bärtigen Popen, nützten dem Gefallenen und seinen Angehörigen nicht viel. Wenigstens konnten diese zu einem Grab pilgern.

Viele andere Gefallene, Gefolterte, Geschundene erhielten nicht mal das. Sie vermoderten irgendwo im unendlichen Gebirge des Kaukasus, wie viele vor ihnen durch all die Jahrtausende!

Von all dem kriegte Michael wenig bis gar nichts mit! Die sogenannte „freie" Presse berichtete nur knapp und trocken. Und die westliche Presse? Nun, die waren gar nicht vor Ort. Es gibt interessantere Schauplätze in dieser Welt. Stand da nicht gerade wieder mal eine Fussballweltmeisterschaft vor der Tür?

In seiner Zelle in einem Moskauer „Gästehaus" wurde er wohl zum hundertsten Mal ausgefragt und vernommen. Da Michael wirklich wenig bis nichts wusste, verwickelte er sich auch nicht in Widersprüche. Selbst Schlafentzug, sogenannte Scheinhinrichtungen von anderen Insassen, also psychische und physische „Behandlungen", brachten nichts.

Schliesslich liess man ihn laufen! Nach wie vielen Tagen oder Wochen? „Ich weiss es nicht!" musste er sich gestehen. Zuvor unterschrieb er noch eine Bestätigung, und zwar noch so gerne, dass er mit Unterkunft, Verpflegung und Behandlung sehr zufrieden war.

„Herr Gantner, wir wünschen Ihnen eine gute Heimreise. Sie sind jederzeit in Russland wieder willkommen, als Urlauber oder Geschäftsmann. Aber bitte nie mehr in solchen kriminellen Kreisen!"

„Ihr könnt mich mal alle kreuzweise ..." Und dann besann er sich, dass dies überhaupt keinen Zweck hatte, und schwieg.

Mit Hilfe der Schweizer Botschaft reiste er schliesslich von Moskau nach Zürich. Im Flugzeug, als er nach Ewigkeiten wieder mal ein paar Worte Schweizerdeutsch hörte, schrie er innerlich auf:

„Endlich nach Hause! Aber *wo* ist mein Zuhause?"

Drittes Buch

Am „Ende der Welt" in Galicien!
Anfang eines neuen Lebens!

1

Der viel gepriesene Föderalismus in der Schweiz, bei dem jeder Kanton praktisch ein selbständiger Staat ist, kann nebst grossen Vorteilen auch mal besondere Blüten treiben. Der Informationsfluss zwischen den Polizeiorganen scheint jedoch mittlerweile recht gut zu klappen. Reibereien sind zwar selbstverständlich, das macht die Sache ja erst richtig unterhaltsam. Aber die Datenbanken flossen hin und her, dass sich darüber vielleicht mancher Datenschützer noch wundern würde.

Als von der Schweizer Botschaft in Moskau die Heimkehr eines gewissen Michael Gantner bei der Flughafenpolizei signalisiert wurde, stand dieser bei seiner Ankunft in Zürich-Kloten schon unter diskreter Observierung. Auch die kantonalen Polizeistellen in Genf, der Waadt, und natürlich Graubünden, wo die vermutliche Fahrerflucht stattfand, sowie in dessen Heimatkanton St. Gallen, überall erwartete man diesen Herrn! Man wollte doch endlich wieder einmal eine offene Akte schliessen können!

Als Michael unangemeldet und plötzlich in der Tür bei seinen Eltern stand, glaubten die beiden, ein Gespenst zu sehen. Die Wiedersehensfreude war unbeschreiblich für alle.

„Junge, hast du ein zweites Leben erhalten?"

„Sozusagen! Und ich bin auf der Suche nach einem dritten und endlich mal Erfüllten und Ruhigen!"

Das Erzählen wurde nur unterbrochen durch oft ungläubige Zwischenfragen von Vater und Mutter, oder dann, um wieder etwas Trinkbares nachzureichen.

Michael besuchte das Grab seiner Katharina. Nach seinem spurlosen Verschwinden sorgten seine Eltern nebst den Abklärungen für seine Wohnung in Montreux und den ganzen Versicherungsklamauk den Unfall betreffend (oder Verbrechen?) auch für ein stilles Begräbnis. Dabei dachte er auch an das andere Grab von Elena in Genf.

Je älter man wird, um so mehr steht man in Gedanken versunken an Gräbern", seufzte er vor sich hin.

So weit so gut. Aber die Bürokratie nimmt ihren Lauf. Die örtlichen (oder waren es sogar übergeordnete Organe?) Beamten meldeten sich. Michael erhielt einen ganzen Strauss von Gesetzesübertretungen vorgeführt und kriegte nun auch entsprechende Verfahren an den Hals. Nichtbeherrschung des Fahrzeuges, eventuell versuchter Mord oder Todschlag an seiner Ehefrau, Fahrerflucht, Auslandaufenthalt ohne vorherige korrekte Abmeldung bei den Behörden und so weiter und so weiter. Die Paragraphen gaben da einiges her für findige und fündige Kläger.

Kurz, es gab viel Futter für einen guten Anwalt auf Basis natürlich entsprechender Honorare.

„Seine Geschichte" von der Entführung nach Wien und schliesslich in den Kaukasus, von Rebellen, die einen eigenen Staat gründen wollten, vom dortigen Blutbad, von unendlichen Verhören in Moskau, die glaubte ihm ausser seinen Eltern einfach niemand.

„Diese Geschichte ist einfach zu phantastisch, um wahr zu sein", meinten einhellig die Untersuchungsorgane. Michael merkte sogar an der Mimik seines Anwaltes, dass auch diesen die Story etwas amüsierte.

Indizien gab es schon; aber Beweise fehlten. Es konnte sich also alles in die Länge ziehen. Denn auch die Verfahren von Genf, die Anfragen aus Savoyen und Avignon, alles war noch nicht ad acta gelegt beziehungsweise wurde wieder neu belebt.

Aber die Welt ist manchmal ein undurchsichtiger Dschungel, manchmal aber auch ein Dorf. Etwas Licht ins Dunkel brachte jemand, der in der Zeit jenes „Unfalls" auf dem Weg zur Lenzerheide zufälligerweise ganz in der Nähe vorbeiwanderte, dem Geschehen damals aber keine besondere Bedeutung beimass.

Ein unbescholtener Bürger aus Michaels Heimatstadt St. Gallen las zufällig in einer der vielen Zeitungen von einem bevorstehenden Indizienprozess gegen den vermutlichen Schuldigen des tragischen Autounglücks in einer Schlucht auf dem Weg zur Lenzerheide.

„Mensch, da hab ich doch was gesehen, dem ich damals keine Bedeutung beimass!", meinte Robert Kälin zu seiner Frau. „Ich muss sofort zur Polizei und eine Aussage machen!"

Auch das „Halte dich da raus, das gibt nur Ärger!" seiner Frau hielt den Zeugen nicht auf.

2

Zunächst wurde dieser Herr Kälin nur widerwillig vorgelassen. „Schon wieder jemand, der noch mehr Verwirrung in die Sachlage bringen will. Vielleicht will der sich auch nur wichtig machen. Man kennt dies bis zum Überdruss", waren die ersten Reaktionen der Beamten.

Als Kälin aber berichtete, dass er kurz nach dem Unfall tief unten in der Schlucht in der Nähe des brennenden Wagens etliche Gestalten in Spezialanzügen herumwirbeln sah, zeigten einige der Zuhörer vorerst eine noch etwas müde Aufmerksamkeit.

„Ich dachte, dies seien die Spurensicherung der Polizei, die Sanität, der Notarzt, die Feuerwehr!", berichtete Kälin, jetzt ganz aufgeregt weiter. „Nur wollte ich einer endlosen Fragerei aus dem Weg gehen und beendete meine Bergwanderung unbemerkt.

„Solche Leute konnten doch wenige Sekunden oder Minuten nach dem Unfall noch gar nicht zur Stelle sein", rief Michael aufgeregt dazwischen.

„Bleiben Sie ruhig, Herr Ganter", ermahnten ihn die Beamten, ja, sogar sein Anwalt.

„Ich, ruhig bleiben? Den Teufel werde ich! Diese ‚Gestalten', wie sie Herr Kälin schilderte, warteten dort bereits auf mich. Warum überlebte ich, und warum verstarb meine schwangere Frau? Die Untersuchungen müssen doch ergeben haben, dass die Fahrertür manipuliert war! Und die gerichtsmedizinischen Ergebnisse ergaben doch auch kleinere Drogenrückstände bei meiner Frau, die ihr vermutlich zuvor injiziert wurden! Also bitte meine Herren: An die Arbeit!"

Notizen wurden gemacht, trotz allen Tonbandaufnahmen. Es gehörte sich wohl so. Und ein Gemurmel setzte ein, dem Michael erneut ein jähes Ende setzte mit den Worten:

„So, und jetzt verlange ich, dass sofort beim Flugplatz Samedan Recherchen angestellt werden, welche Learjets an jenem Tag dort Starterlaubnis erhielten und wohin der Flüge gingen!"

„Erneut mit Widerwillen wurde dies abgeklärt. Siehe da, ein Flugzeug eines arabischen Geschäftsmannes erhielt Starterlaubnis nach Wien. Auch die beiden Piloten konnten ausfindig gemacht werden. Diese meinten bei der Befragung, dass ein verletzter Passagier an Bord gebracht wurde für eine Behandlung in einer Spezialklinik in Wien.

„Aber über Passagiere und Gepäck machen wir uns keine Gedanken. Wir sind keine Linienpiloten, und dies fällt somit nicht in unsere Verantwortung. Das ist Sache des Eigners und Eigentümers oder des Mieters!"

„Es wäre allerdings zu empfehlen, diesen arabischen Jet-Besitzer nicht näher über Einzelheiten zu befragen, da dieser ein ziemlich grosses Aktienpaket einer ziemlich grossen Firma mit ziemlich vielen Arbeitsplätzen in unserem Land besitzt und nicht gern verärgert wird mit kleinlichen Anfragen über einen kleinen Privatflug", so die weitere Auskunft der Piloten.

„Soviel wir wissen, besitzt der Eigner des Jets auch gute Beziehungen zu Wirtschaftsgrössen, wenn nicht sogar zu Politikern! Wollen sie eine internationale Krise heraufbeschwören wegen eines Krankentransports?"

„Überall Beton oder Gummi!", fluchte einer der Ermittler.

„Oder Filz", ergänzte sein Kollege. „Es ist manchmal schon zum Kotzen! Wie heisst es doch gleich? Die Kleinen hängt man, und die Grossen lässt man laufen, oder in diesem Fall fliegen?"

Sogar in Wien fand die Polizei nach aufwändiger Suche ein schon länger stillgelegtes kleines Fabrikgelände am Ende der Stadt und darin Spuren vom Aufenthalt einiger Leute, die vermutlich illegal dort wohnten. Nun, dies gibt's in Wien viel und oft. Es wurden Medikamentenreste, verdorbenes Essen, Fasern von Kleidungsstücken und natürlich Fingerabdrücke zuhauf gefunden.

Dies alles deutete doch darauf hin, dass Michaels Geschichte nicht gar so phantastisch sein könnte.

Aber wie sollte dann die Reise von Wien in den fernen Elbrus im Kaukasus erfolgt sein? Da verlor sich einfach jede Spur! Zumal die Russen mauerten; aber das kannte man ja zur Genüge!

„Terroristen am Elbrus?", meinte der zuständige Beamte in Moskau anlässlich einer Video-Konferenz mit verschiedensten Polizeistellen in Österreich und der Schweiz. Leute, ihr seid ja verrückt! Wir hätten so etwas doch aufgedeckt!", war die lakonische Antwort aus Russland.

Ohne dies zu ahnen, stach man aber dort doch in ein Wespennest!

„Da war doch in jenen Tagen in Inguschetien eine sogenannte Säuberungsaktion, die von der CIA aufgedeckt wurde. Die Sache wurde zwar nie publik gemacht; vielleicht sogar darum, weil die Amis auch die Finger mit drin hatten?"

So wurde in St.Gallen, in Wien diskutiert und an einigen anderen Orten – deren Namen wohl Erstaunen erregen könnten.

„Aber was haben denn die Amerikaner für ein Interesse daran, in jenem Pulverfass noch die Lunte anzuzünden? Es gäbe dann ja nur wieder einen weiteren hasserfüllten Gottesstaat gegen sie?"

„Den gibt es ohnehin schon dort, aber gegen die Russen eben auch! Und um den weichen Unterleib Russlands im Kaukasus zu destabilisieren, ist für gewisse Leute jedes Mittel recht.

Denkt mal kurz daran, dass die USA Sadam Hussein in seinem Krieg gegen den Iran heimlich unterstützten, denkt daran, dass die Amis die Taliban in Afghanistan ebenso heimlich mit Waffen belieferten, um die Sowjets aus dem Land zu jagen! Und jetzt kämpften und kämpfen sie wieder auf der anderen Seite! Militärische Strategien und entsprechende Politik sind oft irrelevant und launisch wie das Wetter!

Russlands Südflanke weiter zu schwächen, ist vielleicht für künftige Pläne gar nicht so abwegig. Dort unten ist ja auch Georgien, Armenien, und weiss was zu suchen! Dort sind doch auch künftige Ölleitungen geplant oder bereits im Bau.

Was sagte Churchill im Zweiten Weltkrieg? Um Hitler zu besiegen, würde ich sogar mit dem Teufel einen Pakt eingehen!"

Vermutlich führten alle diese Philosophien dazu, dass der „Fall" wieder einmal mehr einschlief!

3

Das war alles so verwirrend, so brisant, so undurchsichtig, da wollte man sich nach einem Verkehrsunfall im Kanton Graubünden, so die nun offizielle Schreibweise, nicht die Finger verbrennen. Das Verfahren gegen Michael Gantner wurde eingestellt. Verdachtsmomente blieben zwar, aber was sollte man damit machen, wenn vielleicht Weltpolitik dahinter steckt?

Michael, nach seinen künftigen Plänen gefragt, gab an, dass er ein neues Leben nach all den Aufregungen in Galizien beginnen wolle. Zum Glück gab sich niemand die Blösse zu fragen, wo denn dieses Galizien sei. Sonst hätte Michael wohl gelacht und getobt.

In trockenem Beamtendeutsch wurde ihm aber zu verstehen gegeben: „Sie halten sich aber auch dort jederzeit zu unserer Verfügung. Vielleicht tauchen neue Erkenntnisse auf. So können Sie immer wieder geladen werden, natürlich nicht mehr als Angeklagter, sondern als Zeuge!"

„Selbstverständlich, meine Herren! Ein Schweizer hat doch immer Heimweh nach seiner Heimat!"

Etwas konsterniert blickten die Beamten ihn an und flüsterten sich zu: „Meint er dies ehrlich oder sarkastisch? Nimmt der uns etwa auf den Arm?"

Michael blieb ihnen die Antwort schuldig.

4

Galicien, ganz im Nordwesten Spaniens, ist eigentlich durch Bergketten etwas vom übrigen Land abgeschottet. Dies kann durchaus auch von Vorteil sein. Dreissig Prozent des ganzen Waldbestandes von Spanien entfallen auf dieses doch relativ kleine Gebiet.

Daher ist das Klima ausgesprochen mild. Galizien ist zudem die regenreichste Region der iberischen Halbinsel, die ja oft unter Dürre leidet. Die grüne und bergige Landschaft lassen Assoziationen mit der grünen Insel Irland aufkommen
In den letzten Jahren erlebte diese Gegend sogar einen leichten wirtschaftlichen Aufschwung, ohne gleich von den Raubrittern der Global-Player vereinnahmt zu werden.

„Und nach Galicien, in ihre Heimat, war auch Anna Gonzáles zurückgekehrt. Die anfängliche Befürchtung, dass diese durch Glanz und Gloria geblendet würde, bewahrheitete sich nicht. Beim plötzlichen und traurigen Abschied vom Léman wurde ihr klar, dass sie in Michael einen Seelenverwandten gefunden hatte, obschon dies für rational Denkende fast an Kitsch grenzen kann.

Sei's drum! Wer will die tiefen Abgründe und Wünsche von Menschen erforschen, ohne diese in den Wirren des Lebens selbst kennen gelernt zu haben?

„Ein Zufall oder dann doch eine höhere Macht schenkt mir nochmals einen neuen Lebensabschnitt. Und diesen will ich trotz verminderter Sehkraft, die in der blitzenden und sengenden Sonne des Hochgebirges gelitten hat, mit ganz anderen und wachen Augen und geschärften Sinnen erleben." So gelobte sich Michael Gantner!

„Also: Ab nach Galicien. Lebt Anna noch? Ist sie wieder dort? Vielleicht wartet sie sogar auf mich! Ja, ich weiss: Wunschträume. Aber es wäre nicht der erste, der in Erfüllung geht!"

Michael besuchte noch einmal etliche Orte aus seinem früheren Leben. Auch beim Jet d'eau in Genf sowie am Grab seiner Elena verweilte er einige Augenblicke. Es gab noch manche Orte, die heimlich zu ihm sprachen.

„Nur, ich finde die Lieben dort nicht! Sie müssen in uns weiterleben oder dann in einem neuen Sein in einer anderen Welt."

Bei der Schreckensschlucht Richtung Lenzerheide meinte dort doch tatsächlich ein so blöder Plauderer: „Geben Sie hier Acht! Da unten kam eine schwangere Frau ums Leben, und ihr Ehemann beging vermutlich Fahrerflucht. War damals in vielen Zeitungen zu lesen!"

Wortlos wandte sich Michael von diesem Schwätzer ab, der hernach zu sich selbst meinte: „Unhöflicher Holzklotz! Kommt vermutlich aus dem Unterland. Typisch für solche Leute!"

Michael liess auf seiner Reise nach Galizien Avignon, Barcelona und auch Valencia diesmal bewusst links liegen. Auf seinem persönlichen Pilgerweg in ein neues Leben brauchte er jene Erinnerungen nicht. Er vermutete, dass er von der spanischen Polizei nun wohl auch wieder beschattet wurde. „Sollen sie! Bis sie grau werden oder dann aus Langeweile aufgeben!"

„Wo war wohl die Mordwaffe des Matadors geblieben? Man hatte sie wirklich nie entdeckt. Es ist einfach nicht vorstellbar, dass ein solch berühmter und berüchtigter Degen spurlos verschwunden ist! Nun, vielleicht hängt sie als Trophäe irgendwo in einem Museum", dachte sich plötzlich Michael.

„Dort wäre sie am besten und unauffälligsten aufgehoben. Wie auch immer, es ist mir auch dies egal geworden. Wenn ich beginne, hier erneut herumzustochern, beginnt auch die Ermittlungsarbeit am Tod des Matadors wieder.

„Also: Ab zu einem neuen dritten Leben!"

5

Nach unendlich vielem Suchen und Fragen, von Verschlossenheit, Misstrauen und kritischen Blicken der Einheimischen begleitet, arbeitete sich Michael durch die Strassen und Häuser von Fisterra, diesem etwas verlorenen 5000-Seelen-Dorf. Plötzlich stand er vor Annas einfachem, aber hübschem Haus, unweit der Küste.

Beim Eintreten flüsterte, rief, nein, schrie er ihren Namen: „Anna!"

In seiner Stimme lag so viel Liebe und Wärme, dass sie sich zunächst totenbleich und gleich darauf glückstrahlend ihm zuwandte.

„Du bist also gekommen, Michael! Ich wusste es. Ich habe immer auf dich gewartet!"

„Wie lange denn hättest du gewartet?"

„Bis ans Ende meiner Tage!"

Sie umarmten sich wie Ertrinkende. Die Zeit stand still und hielt den Atem an. Sie hörten beide nur noch das Pochen ihrer Herzen.

„Du bist noch schöner geworden!", flüsterte Michael ihr ins Ohr.

„Pst! Sei bitte still! Jedes Wort stört jetzt nur. Lass uns zueinander nur mit der Seele sprechen!"

In Fisterra und selbst in La Coruña, also am „Ende der Welt", wird der Denkkreis etwas kleiner und der Radius der Bekanntheit nimmt ab. Auch der Kreis der Freunde. Aber was bleibt, ist umso intensiver.

Bei den Menschen nimmt ja auch mit dem Älterwerden der Kreis der Gedanken, ja, selbst die Gesundheit, ab. Aber das Herz wird nicht kalt. Im Gegenteil: Die wertvollen Dinge gewinnen an Substanz und Bedeutung.

Annas Religiösität, vor der man zunächst vielleicht zurückschrecken könnte, war wirklich echt. Katholisch? In Spanien ist ja alles katholisch, oder? Nicht unbedingt!

Michael staunte nicht schlecht, denn da gibt es unter anderem selbst in La Coruña eine kleine christliche Kirche voller wirklich frommer, aber zugleich auch fröhlicher Menschen, die ihren Glauben zu leben versuchen. Alte und Junge. Anna spielte dort sogar feierlich die kleine Orgel und dirigierte einen kleinen gemischten Chor! Die etwas sentimental, aber äusserst feierlich klingenden und zu Herzen gehenden Lieder schienen aus Südamerika zu stammen.

„Diese Kirche gibt es inzwischen an vielen Orten in der Welt, auch bei dir zu Hause", erklärte Anna voller Stolz.

Auch in Spanien ist eben nicht nur einfach alles katholisch, obschon dies wohl als das katholischste Land der Welt gilt. Schliesslich begann dort auch die sogenannte „Heilige Inquisition"! Mit den grossartigen Kathedralen, Klöstern, Orden, Prozessionen, ganzen Heerscharen von Klerikern, Heiligenverehrungen, Reliquien: Spanien ist katholisch; aber nicht nur!

So fand denn auch die kirchliche Trauung, auf der Anna mit Nachdruck bestand, sozusagen interkonfessionell in einer alten Kapelle statt, die von vielen zum Teil verfallenen Gräbern umgeben war und so vom Kommen und Gehen der Menschen erzählte. Die Geistlichen zweier Konfessionen, also auch der Annas, segneten feierlich das glückliche Paar.

„Erst jetzt bist du richtig mein Mann", flüsterte Anna strahlend.

„Ich denke, wir waren schon vor hundert Jahren füreinander bestimmt", lächelte Michael, meinte dies aber eigentlich ernst. „So jedenfalls hast du es mir mal in einer besonderen Nacht erzählt!"

6

Die Schwangerschaft war, wie damals bei Katherina, wieder gar nicht leicht. Übelkeit und alle weiteren typischen Symptome traten verstärkt auf.

„Gott, bitte nicht noch einmal", klagte der werdende Vater voller Mitleid mit seiner Frau.

Als die Wehen einsetzten und Anna ins Krankenhaus gebracht wurde, wunderte sich Michael wieder einmal mehr, wie vielerorts auf der Welt Krankenhäuser von jedermann ohne grosse Kontrollen betreten werden können. „Überall Kameras, überall Sicherheitsschleusen und Metalldetektoren, überall unsichtbare Infrarotschranken, aber meist nicht in Spitälern. Wenn man als Prominenter nicht gerade in einer besonders behüteten Suite liegt, können nahezu jederzeit ungebetene Besucher eindringen."

„Wie kinderleicht kann da ein Verbrechen geschehen. Jemand schleicht sich zur Besuchszeit ein, gibt sich als Verwandter aus, geht ins betreffende Zimmer und kann unter Umständen ein halbes Dutzend Mordanschläge verüben.

Eine tödliche Injektion, ein Kopfkissen aufs Gesicht, Manipulationen an den Infusionen, ja, sogar mit einer schallgedämpften Pistole kann man jemanden abmurksen. Gott sei Dank liegt Anna in der Gebärabteilung!"

Nach dem ersten Schrei und der glücklichen Geburt nannten sie ihren Stammhalter „Esperanza", also Hoffnung! Ein ungewöhnlicher Name, gewiss, vor allem für einen Jungen. Damit dieser auch für spanische Zungen gut auszusprechen war, hiess der volle Name Felipe Esperanza Léon Gantner yGonzáles.

Ein langer Name bedeutet in Spanien auch grosse Ehre!

Michael fand einen neuen Job bei einer kleinen aber aufstrebenden Bank in La Coruña.

Möbelstücke, die sie an früher erinnerten, vor allem an Annas Schwester, wurden verschenkt. Ihr Heim wurde dadurch immer persönlicher und schöner. Die Engländer haben schon recht mit dem Wort: „My home is my Castle!"

Eines Tages fragte doch Michael aus heiterem Himmel heraus seine Anna: „Denkst du noch oft an deinen im Sturm ertrunkenen Mann?" Sogleich schalt er sich einen gefühlslosen Trottel, denn warum sollte er alte Wunden aufreissen?

„Die Ehe mit Juan war eine absolute Sache der Vernunft, keine wirkliche Liebe. Er brauchte eine Frau, und ich einen Beschützer und ein Heim. Der katholische Priester drängte uns, das Sakrament der Ehe zu spenden. Er hoffte wohl, seine sich auch hier etwas leerende Kirche mit unseren Kindern wieder aufzufüllen.

Nach Juans Tod trauerte ich echt, so wie eine Schwester um ihren Bruder trauert! Zu meiner Schande muss ich gestehen: Ich weiss manchmal gar nicht mehr so recht, wie er ausgesehen hat! Bist du nun zufrieden?"

„Verzeihung, Liebste, ich benehme mich wie ein Elefant im Porzellanladen."

„Da gab es wirklich nicht viel Porzellan!"

Michael musste sich eingestehen, dass er über das Gehörte doch dankbar war. „Es ist idiotisch, eifersüchtig zu sein auf jemand, der wohl nur noch in alten Taufregistern der Kirche existiert. Aber Anna ist so mein Ein und Alles geworden, dass sie für mich wie ein unberührtes Wesen erscheint! Mensch, ist das kitschig, und doch so wundervoll!"

Anna lächelte ihn weise und leise an und meinte etwas verschmitzt: „Deine Vergangenheit nehmen

wir aber dann ein andermal durch. Denn jenes Gespräch wird gewiss etwas länger dauern!"

„Ich habe keine Vergangenheit mehr; ich habe mit
dir nur noch eine Zukunft!"

„Oh du verlogener Philosoph!"

7

Ab und zu reisen auch die Eltern aus St. Gallen für ein paar Tage an. Aber diese ewigen Heimwehschweizer! „Schön hier, wirklich! Aber die „Stadt im grünen Ring", St. Gallen, ist einfach noch schöner! Wollt ihr nicht wieder mal einen Besuch in der weltberühmten Stiftsbibliothek planen?"

„Wir schreiben lieber unsere eigenen Lebensbücher, selbst wenn diese nie veröffentlicht werden. Wir glauben, in der dortigen Bibliothek wird auch mehr geschwatzt, gestaunt und diskutiert als gelesen!"

„Aber sie ist ein Juwel!"

„Hier in Finisterra, am ‚Ende der Welt', haben wir andere Wertvorstellungen. Nämlich Zeit, um Zeit zu haben, den Stimmen des Ozeans zu lauschen und vor allem uns zu verstehen!"

Damit er seine Eltern nicht mit Pathos überforderte, meinte er schalkhaft: „Vielleicht wird auch dieses Gebiet eines Tages zum UNESCO-Weltkulturerbe erkoren. Inzwischen habe ich eine andere Idee! Kommt, wir müssen unbedingt eine neue Sorte Wein kosten, die ausgerechnet hier am prächtigsten gedeiht.

Bei euch zu Hause habt ihr zu wenig Sonne. Darum ist der dortige Rebensaft meist auch etwas sauer!"

„Junge, du bist ein Banause", meinte seine Mutter.

Und der Vater forderte: „Öffne endlich eine Flasche! Und wenn der Wein gut ist, kannst du mir zu Weihnachten ja einige Kartons davon zustellen! Übrigens: Wie wäre es, wenn ich den Generalimport für die Schweiz übernehmen würde? Dann muss ich alle drei Monate zu euch reisen betreffend neuer Kampagnen für eine gute Vermarktung, für Weinproben, Bestellungen und was alles so dazu gehört! Mutter könnte dann zu Hause die Büroarbeiten erledigen!"

„Unterstehe dich, mein Lieber", meinte diese. „Je älter die Männer werden, umso mehr muss man sie hüten. Besonders an der Meeresluft! Ich komme natürlich alle drei Monate mit! Ihr kennt doch das bekannte Wort: ‚Nichts lässt einen alten Mann älter aussehen wie eine junge Frau an seiner Seite'!"

„Komisch ist nur, dass gerade in letzter Zeit viele ältere Herren, die sogar in der Weltöffentlichkeit stehen, dies nicht wahrhaben wollen!"
„Man sollte halt nicht nur in den Spiegel gucken, wenn man sich rasiert!", meinte die Mutter trocken.

8

„Wir könnten doch an unserem Haus noch zwei oder drei Fremdenzimmer anbauen und ab und zu vermieten", überraschte eines Tages Anna ihren Michael.

Dieser meine total verblüfft: „Ja, warum denn das? Ist es dir schon langweilig? Oder willst du Geld scheffeln?"

„Nein, ich hoffe doch, dass deine Eltern ab und zu vorbeikommen. Vielleicht mit der Zeit ein paar neue Freunde und wer weiss was! Auch brauchen wir drei bald einmal mehr Platz! Ich erwarte eine kleine Anna, oder wie immer du deine Tochter nennen willst!"

Michael war sprachlos!

„Übrigens, hast du bemerkt, dass die Freundin unseres Katers Pedro trächtig ist? Willst du eines Tages die herzigen kleinen und blinden Wollknäuel ersäufen oder doch leben lassen?"

„Leben lassen, denn Tiere sind die besseren Menschen, hat mal einer treffend gesagt.

„Siehst du! Auch ein paar Hennen wären schön, denen der stolze Hahn am Morgen sagt, wenn es Zeit ist aufzustehen!"

„Und wir auch? Willst du vielleicht bis zuletzt sogar einen kleinen Zoo? Nette Kaninchen, eine kleine Volière und so weiter?

„Galizien ist eine fruchtbare Gegend. Wer weiss, was die Zukunft noch alles bringt!"

„Wer kann dir einen Wunsch abschlagen", meinte Michael vergnügt. „Ich freue mich riesig auf die kleine Anna."

„Ist das Leben nicht schön?"

„Ja, wenn Frieden im Herzen ist und Achtung vor dem Nächsten. Leider ist dies in den meisten Fällen nicht so!"

„Weißt du warum? Weil die Menschen nicht mehr an eine höhere Macht glauben und sich selbst als Gott aufspielen!"

„Predigt das dein Priester in deiner Kirche so treffend?"

„Noch viel treffender. Kannst ja ab und zu mal mitkommen!"

„Hm", brummte Michael, „sie hat recht. Sie hat eigentlich immer recht. Aber das darf ich sie nicht anmerken lassen, sonst werde ich ihr Sklave!"

Als ob Anna dies nicht gewüsst hätte!

Epilog

An einer Wand im Wohnzimmer hing ein Ölgemälde einer berühmten Schweizer Bergkette, nicht zu gegenständlich und nicht zu abstrakt. Ihr Kater Pedro hechtete oft mit einem Satz auf die Anrichte, die darunter stand und streckte sich dann in seiner ganzen Länge mit seinen Samtpfoten Richtung Bild. Es macht ihm anscheinend eine diebische Freude, das Bild immer wieder auf alle Seiten zu verschieben.

Sollte wohl besonders für Michael kein Heimweh aufkommen? Schon möglich, Pedro ist ein kluges Tier und stolzen spanischen Geblüts!

Michael und Anna sassen oft an der Küste und bewunderten phantastische Sonnenuntergänge im Atlantik. Die Sonne versank manchmal in geradezu kitschigen Farben im Ozean.

„Dort drüben liegt Amerika, die vielgepriesene Neue Welt, das Land der unbegrenzten Möglichkeiten", meinte dann Patrick versonnen.

„Unsere Neue Welt ist hier, und damit gibt es auch bei uns unbegrenzte Möglichkeiten", lächelte Anna ihm zu und verschloss ihm den Mund mit einem gehauchten Kuss.

Alltagstrott, Langeweile, Gewohnheit? Dies gibt es bei wirklich Liebenden nicht! Jeder Tag ist ein neues Geschenk!